I5land
Vol.09
Pompeii

CONTENTS

U0121210

© 郭敬明　2007

图书在版编目（CIP）数据

岛（Vol.9）/郭敬明主编. —沈阳：春风文艺出版社，2007.11
ISBN 978-7-5313-3138-4

Ⅰ. 岛… Ⅱ. 郭… Ⅲ. 文学 — 作品综合集 — 中国 — 当代　Ⅳ. I 217.1

中国版本图书馆 CIP 数据核字（2007）第 000726 号

l5land　工作室
总体策划：郭敬明　美术总监：Mint.G　文字总监：郭敬明
文字编辑：落落　痕痕　阿亮　美术编辑：Mint.G adam Alice.L
地址：上海市杨浦区大连路 950 号 1505
电话：021-33770048　邮编：200092
文字投稿信箱：wen1@zuibook.com　　wen2@zuibook.com
wen3@zuibook.com
图片投稿邮箱：pic@zuibook.com

岛（Vol.9）

责任编辑　王　平
责任校对　范丽颖
封面设计　adam Mint.G（form 柯艾文化）
版式设计　阿　亮
出版发行　春风文艺出版社
社址　沈阳市和平区十一纬路 25 号　　邮编　110003
http://www.chinachunfeng.net
编辑　布老虎青春文学
主页　qingchun.chinachunfeng.net
Email:qingchun2003@sohu.com
联系电话　024-23284393
传真　024-23284393
印刷　沈阳美程在线印刷有限公司
幅面尺寸　168mm×235mm
字数　349 千字
印张　12
印数　1—200 000 册
版次　2007 年 11 月第 1 版
印次　2007 年 11 月第 1 次印刷
定价　20.00 元

常年法律顾问　陈　光
版权专有　侵权必究　举报有奖　举报电话：024-23284391
如有质量问题，请与印刷厂联系调换　联系电话：024-23818009

岁月静止，光景有延
文/郭敬明

我们打发掉了多少个光阴安静的下午，阳光灿烂，四下无声。
有很多在内心起伏不宁的情绪，最后都变成了太阳下懒洋洋晒着皮毛的猫咪。
它们趴在岁月的膝盖上，眯起眼睛看着所有的人。

我们忘记了多少个乌云摧城的暴雨季节，水流湍急，哗哗作响。
有很多当时无法丈量的距离和沟壑，最后都在时光的迁徙里，慢慢平整，光滑。
候鸟整队整队地飞往远方。
它们从岁月的肩头上飞过，倏忽地一下就过去好多年。

有很多埋没在尘埃下面的璀璨城市，有很多暴露在空气里的丑陋地貌。
有很多温暖人心的传说，然后有更多心灰意冷的现实来将其打碎。

而唯有看似静止的岁月永不停止奔流。
我们都是其中渺小的存在，夹带着，卷裹着，冲刷着，满脸惶恐地跟随到陌生的地方。
一晃又是好多年过去。

你现在依然在阳光下懒洋洋地打发掉一个下午吗？
手边依然是线装的诗词歌赋吗？
你有假想过如果未来变成一张你完全无法辨识的面孔你会害怕吗？
你有过无限延伸的不朽的光景吗？

与君同舟渡，达岸各自归。竹简漆干未，黯然双泪垂。

魂·魄

Written by 郭敬明
Artworks by adam

翅膀化为经书，化为游鱼，化为无穷尽的试炼。
魂在尘埃之上。
魄居水银之下。

在无尽繁衍倏忽漫长的时间里，四下游走逃窜的，还有内外渐渐崩塌的。

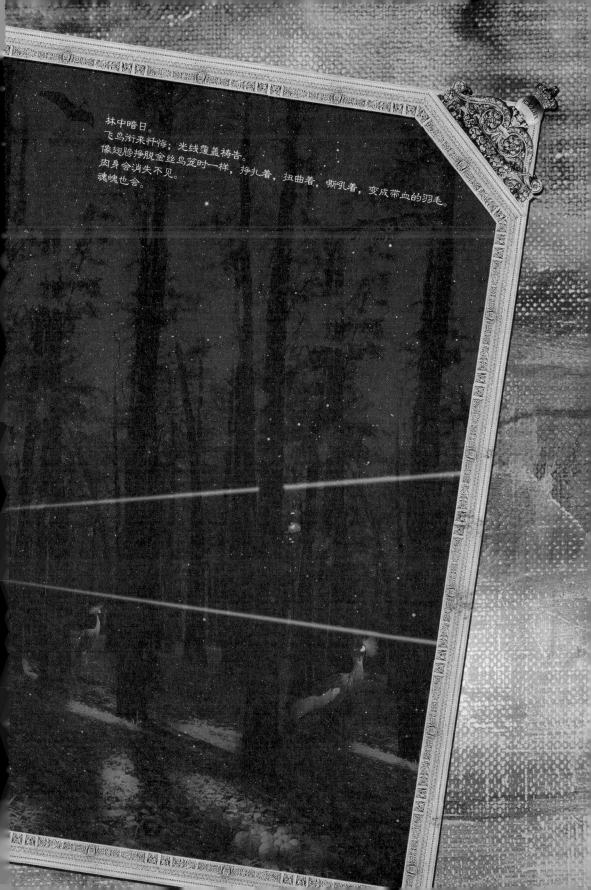

林中暗日。
飞鸟衔来忏悔：光线覆盖祷告。
像翅膀挣脱金丝鸟笼时一样，挣扎着，扭曲着，斯叫着，变成带血的羽毛。
肉身会消失不见。
魂魄也会。

观战者的棋盘。
魂魄经过，时间漫过，
路过宇宙的漫漫星尘。
魂魄凝结在遥远的光屑里，
我们凝结在寂静的对峙中。

输赢胜负全部大写在脉络里，血夜流过，魂魄经过，
我们一日一日地路过湖泊，路过沼泽，路过沙漠，路过宇宙的漫漫星尘。

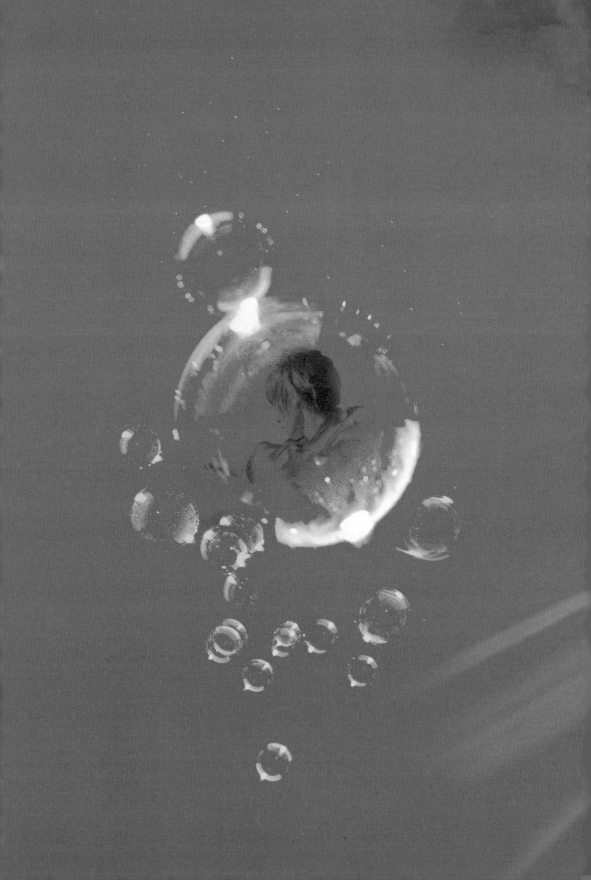

荒芜尽头与流金地域

Written by 郭敬明
Photo by Zebra Artworks by adam

001.每一个人都有权利在亲朋好友的注视下，体面地死去。只是我们都不知道，在我们死去的时候，环绕我们的，是当下这些我们早就烂熟心间的面容，还是直到如今，都还未曾在茫茫世界里与我们相逢的陌生人。

当你闭上眼睛，当你被埋进将永不停止的寂静。

002.完全忘记过去的人，才会一点也不惧怕将来。

PART ONE 荒芜尽头

1

除去经度和纬度在地理上的意义，在远离了高考几年之后，很少有人会在意这些纵横交错在地球表面的线条，究竟代表了什么。只是偶尔在想念国外友人或者看见国家地理探索频道的时候，会想起，或者听见这些用数字来定义出的，地球上的某一个点。

有时候在地图上看见某一个从来没有去过的城市。

有时候听见电视机里标准的声音说：在北纬66.34以北的北极圈境内，动物的数量远远低于热带与温带的大陆，其形态和生活方式，也是另人叹为观止……

那么。

北纬29.23 东经104.46。

北纬31.11 东经121.29。

与此并不相关的人无法解读这样的两串数字。

甚至是与此相关的我，也是在翻了《中国城市地理大全》后，才写下了这样的两串密码一样的数字。

但是就是这样冷酷而严谨的数字，像是两颗长长的铜钉一样，敲打在了我24年来漫长岁月的肩膀之上。

你有玩过用一根针，在地图上把一个人标记出来的游戏吗？

2

在下飞机之前打开手机查了查重庆的温度，在本该落叶满地的十月，重庆依然是摄氏34度的高温。看样子今年不止是暖冬，连暖秋暖春都有可能一并到来。可能再过一些时候，地球上的四季就不再是春夏秋冬，而变成初夏盛夏仲夏夏末了吧。

妈妈爸爸还是那样，早早地就守在出口处，满脸喜悦地等待着。看见我的第一句话永远都是"怎么还是这么瘦"。

白烈烈的日光下面，是嘈杂的各种人群，杂志摊前挑选新一期《VOGUE》的女白领，快餐店里匆匆往嘴里扒着白饭的穿西装的中年男人，推着垃圾车目光冷漠来来回回的清洁工人，站在车后把玫瑰放在身后等待女友的年轻男孩子。

还有走在我前面一点点的，我日渐佝偻的父母。

妈妈从包里拿出可乐，问我说，你要喝水吗？以前你喜欢喝可乐，不知道现在还是不是喜欢。我不小心看到了她的白头发。

爸爸在旁边，提着我巨大的LV旅行袋，满脸微笑堆起很多的皱纹。

飞机厅头头顶的玻璃苍穹，日光照在上面穿透下来，把周围闷得如同烤箱一般。

3

我们大部分的时候都在想，将来我们会走过什么样的路，听到什么样的歌，看到多么感人的画面，遇见多么好的一个人。

我们很少会想起，如果有一天重新回到故地，一切都不再是以前的样子，这样的时候，是什么样的心情。那些记忆顽固地存活在脑海深处，抵触着我们再次重新看到的一切。

　　那里并没有那座桥。

　　那里曾经有一扇门。

　　类似这样的抵触情绪，浅浅地在身体里来回着。

　　在早前的时候，有一次路过我的第一个家。那个是在城市边上的一片平房区域里的一个有着院落的青瓦房子。门关着，只有小道边上厨房的那扇窗口开着。

　　我踮起脚往窗户里面看，里面依然是我熟悉的格局，几年之后的现在都没有改变过。只是换上了陌生人家的锅盆碗筷，饭碗上是完全没有见过的花纹，筷子一大把扎实地插在筷筒里，看上去像家里有很多口人的样子。还有陌生的绿色的围裙挂在墙上。厨房的门也没有关，望出去可以看见客厅地面的一角。依然是我小时候用的那个蓝色的瓷砖，表面有凹凸的颗粒防滑。很多年前流行过，在当时红极一时。虽然在眼下有钱人家都是光滑的白色大理石或者是毛茸茸的地毯。那个时候，刚刚铺完瓷砖的时候，凹凸的颗粒里都是水泥，因为当时粗心没有来得及清理，所以后来就凝固在里面。搬家后的一两个星期，有时候大半夜我起床上厕所，会看见妈妈跪在地上，用刷子用力地刷着地面，然后很懊恼地微微叹气。

　　记忆里是黄色的白炽灯还是白色的荧光灯，我已经完全不记得了。

　　在窗口趴了一会儿，之后，有隔壁老婆婆打开门倒垃圾。她在警惕地看了我几秒钟后，又露出了些许熟悉的神色，最终还是表情漠然地走开去。

4

　　在我开始稍微赚比较多钱的时候，我从上海买了一个GUCCI的包包给妈妈。我妈虽然并不能知道这五个英文字母背后所代表的价值数十亿的产业，但是包装袋里发票上的价格让她有点惊慌失措。

　　妈妈之前的一个包，是我在高三的时候存钱送她的生日礼物，她一直背到现在。那个时候所谓的送她，也只是把她给我的钱，留下一小部分，还给她而已。

　　因为没有带隐形眼睛的药水，所以第二天一大早，妈妈就起床出门帮我买药水去了。那个时候我还在昏睡，并不知道妈妈精心地换上了好看的衣服，背上了GUCCI的包包。

　　这样平淡的开始并不惊心动魄或者值得书写，最多可以冠上"母亲早起为儿子买药水"的母爱之名。只是后来的结局有点超出了我们的预想，当我起床刷牙，从厕所出来之后，看见妈妈坐在沙发上，眼圈红了整整一轮。爸爸在旁边沉默地抽烟。目光稍微挪到旁边，就看见那个GUCCI包上被小偷用刀片划开的一长条口子。像是一张嘲笑的嘴，恶毒地咧开着。

　　爸爸低声怒斥着，说："你就是爱炫耀，有了新包包就了不起了，别以为自己是阔太太。"

　　妈妈在旁边低着头，一小颗眼泪掉下来，她说："我没有这样想……我就是很高兴，想背……"

　　我走过去抱了抱低头的妈妈，我说："没关系，我下次再买给你。"

　　半夜起床的时候，看见他们还没睡，妈妈在床边小声地嘤嘤哭。爸爸坐在一旁，戴着老花眼镜，在不太亮的黄色灯光下，用胶水一点一点地把那条口子粘起来。

　　我妈妈终究还是没办法像那些阔太太一

样，提着名牌包包坐着豪华轿车招摇过市。她背着儿子送她的第一份昂贵的礼物，和无数的人一起挤着公车，去给我买药水。她在车上紧紧地夹着肩膀下的包，另一只手抓着吊环，想要稳住身子。周围密密麻麻的人群。

妈妈在挤公车的时候，被小偷划坏了她50年来第一个也是最贵的礼物。

我站在门口喉咙慢慢锁紧。我在心里对自己说，有一天我要让妈妈像是真正的阔太太一样。

5

后来那个包包，我妈妈再也没有背过。它被小心地收藏在衣柜里。

即使那道黏合后的疤痕完全看不出来。

6

在我曾经生活了19年的城市里——

道路有很多都是狭窄的柏油马路，那个时候还没有很多的水泥公路。路面也只有现在上海的很多马路的一半那么宽，更不要说和北京那些动不动就可以并行8辆汽车的大道相比。夏天的时候太阳猛烈而炙人，黑色的厚厚的沥青会从碎石块下面膨胀起来，黑黝黝地浮在马路上面。小时候我穿的很多凉鞋，都被牢牢地粘在地面上过，有时候扯得太用力，会拉断搭扣。黑色的沥青上面，是无数汽车轮胎压过去的印子，偶尔会看见蚱蜢或者瓢虫，被压进里面。记忆里有一次，看见一个老大爷赤着脚走在滚烫的沥青上面，一边走，一边抹深凹的眼眶里渗出的眼泪。

而我小时候，也并没有那么多的楼房。在我小学毕业之前，都住在青瓦顶的平房里。不过有很大的院落。院落里的那个金鱼池，从记忆里比我高很多，我需要爸爸抱着才能看到里面，慢慢变得越来越矮，后来搬家的时候，发现我只要稍微踮一踮脚，就可以看见里面的

荷花。在我14岁的时候，城市里建造起了一座大概19层的大楼。那个时候所有的人都涌过去看。在里面上班的人，每天都昂首挺胸地进进出出。

灰蒙蒙的色调，是城市的主宰。在进入初中时，那个时候开始流行起用摩丝把头发弄得光亮。早上起来妈妈在厨房做早餐的时候，会偷偷跑进妈妈房间，用摩丝把头发弄得湿答答地贴在头皮上，妈妈看见总是笑，说你干吗把自己弄一个汉奸的发型。那个时候第一次开始有"叛逆"这种情绪。再也不会觉得爸妈说的永远是对的，那个时候开始觉得"原来你们也有很多不懂"。只是每天都行走在灰尘扬起来人那么高的街道上，回家后洗头，水都会脏得不成样子。

初中流行过的服装有李宁和佐丹奴，第一双自认为是名牌的运动鞋不是NIKE或者adidas，而是李宁。后来渐渐流行起肥大的韩国裤子。初中第一次去染了头发，然后在走廊里站了两节课，第二天被老师强行要求染回了生硬的墨黑色。在理发店里看见头皮上黑黢黢的染料印子。后来悄悄地打了耳洞，藏在头发下面，也没有被老师看见。一直到后来高中毕业，头顶四角的天空和让人没办法喘息的学业压力，终于没办法再去做这些"叛逆"和"虚度时间"的事情。于是那个耳洞，也渐渐重新长好，化成一颗痣一样的小黑点。

在那19年里，生命被狭窄的街道和单调的轨迹局限在一块小小的地域里。

梦想去很多的地方。但是每一天，每一天，都在短短的距离里来回。

7

在几年前的那个时候，二十万对我来说，是一笔很大的数字。那个时候正好是爸爸五十岁生日，爸爸学会了开车。

想了很久送什么礼物给爸爸，最后咬一咬牙，想要送一辆车给他。

自己以前也从来对车都不了解，因为从来也没有想过，有一天自己可以有钱到可以买一辆车。那个时候也只是听身边一些爱车的同学，聊一些杂志上的保时捷或者法拉利。但那个时候除了对他们的标志可以辨别之外，一无所知。

一个做出版的商人，正好和我在联络，他听到我要买车，于是推荐成都的一家有做汽车专版的报纸负责人给我，他们的报纸上，每期都有一整版关于汽车的话题，他们对汽车了如指掌。他们说可以代我选车，然后亲自送到自贡去，交接给我爸爸。我就很开心地答应了。

如果仅仅也是这样的开头，也并不算值得书写，也顶多被冠上"儿子孝顺父亲，买车庆生"这样的标题。但是事情的结果却是——

在我爸爸收到汽车的隔天，我在上海，去楼下买东西的时候看见路边的报纸，上面有一张我爸爸的照片。爸爸坐在汽车上，手握着方向盘，有一点害羞，但是也非常高兴地笑着。我拿起报纸，看见上面的大标题：《暴发户的可笑嘴脸》。

电话里爸爸很高兴，他反复地和我说："儿子，爸爸很高兴，就是太贵了，哎，突然买这么贵的东西……谢谢明明。"

我握着电话，随意地问爸爸："我在报纸上看见你照片了。拍得挺好。"

爸爸有点害羞地说："那个记者把车送到了之后，一定要我坐在座位上拍照，我一直推辞，说不要不要，但是他说了要发新闻，说你让我拍张照片，还一直说你真孝顺，后来我也推辞不了……呵呵，他们还让我摆了很多姿势，一大把年纪了，还真不习

惯啊，嘿嘿，也当了一次模特。"顿了顿，见我没回答，爸爸有点担心地问："……是不是我不该拍照？……其实我也和他说了不要拍……"

我说："没事，没事，照片挺好。"然后匆匆挂了电话。挂上电话，眼泪从眼眶里一下子翻涌出来。

我买光了周围的所有报纸。

那个晚上我在垃圾桶里把它们烧成灰烬。

火光里，报纸上爸爸的笑容很不好意思也很慈祥，只是头发有很多花白了，眼角的皱纹里是满满的，盛放不了的喜悦。

我真的好恨他们。

如果有一天，你们的儿子也送你们礼物。也用自己挣的第一笔钱买了东西送给你们。你们一定也是这样满心的喜悦，一定也是感动得热泪含满眼眶的喜悦，一定也是这样的，暴发户的可笑嘴脸。

8

后来我的爸妈，也渐渐地不再对周围的人提起来。很多时候记者打电话找到他们，他们也小心翼翼地说："我不知道，你别问我了。我儿子没有和我说。"

记忆里，妈妈总是把我从小学到高中的所有奖状奖杯，放在家里最显眼的地方。每一次，当别人提起她的儿子，她都非常骄傲。爸爸总是对别人讲起我，言谈里说不出的骄傲。

但是渐渐地，就没有了这样的声音。

我爸妈小心地生活，不让别人知道他们是我的父母。怕给我丢脸，怕别人说他们是小城市的人。

妈妈第一次来上海，因为不会坐地铁，进站的时候紧张地抓着我的手。妈妈吞吐地对我说："会被别人笑吧？"

他们有来过我的几次签售，他们就默默地站在最远的角落，有时候我从匆忙的签名中抬起头，透过无数黑压压的头顶望向他们，都可以看见，爸爸开心的微笑，和妈妈激动的泛红的目光。

在所有潮水一样的"小四我爱你"的呼喊声里，他们站在离我遥远的角落，彼此扶持着，一声不响地看着光芒四射的我。

他们没有对别人说"这是我儿子"，他们没有要求别人客气地对待他们。他们在签售快要结束的时候，默默地回到休息室，拿着我爱喝的饮料等着我归来。

他们不再提起我。
他们不再对别人分享我的一切。
我从来没有想过有一天，我会变成这样的一个儿子，没办法让父母骄傲地提起的儿子，没办法和别人分享我的成长喜悦的儿子。

在我有负面新闻出现的时候，妈妈会在半夜里打来电话，电话里她的声音很小心，问我最近好不好，完了还会赶忙补充，说，爸爸这几天都睡不好，一直叹气，总叫我问问你……

偶尔妈妈和同事朋友聚会，有好事者会若无其事地提起我的各种负面的话题。我妈妈都摇摇头，什么都说不太清楚。但是还是会迅速地红起眼眶。想要帮我解释，又怕说错话的心情。

这些都是你们，都是你们所有人无法理解的心情。

在你们津津乐道着我，或者我们的新闻的时候。

也许从你们身边默默走过去的那一对老人，他们的心里，会痛苦难言。

9

如果是按照这样的方式成长，那么会不会变得更加地愤世嫉俗和自闭沉默？

如果按照这样的经历，我是不是应该对很多的人，内心都充满强大的恨意？

10

回顾曾经被局限在小小范围内的19年的人生，那个时候的我，想破了脑袋，也不会想到自己有一天可以变成这样一个几乎走遍全中国的人，在每一个地方，都生活着很多喜欢我的人，也生活着很多厌恶我的人。他们混合在一起，密密麻麻地分布在地图上的每一个点。

19岁之前的我，在一个灰蒙蒙的城市里，看书，上学，背着书包沿着路边走回家。生命像是一颗还没有搅散的蛋黄，安静地悬浮在蛋白的柔软包裹里。外面还有一层更加坚硬的蛋壳的保护。虽然直到后来，才知道那层蛋壳，其实格外地脆弱。

可是那个时候，真的这样心满意足地呆在小小的世界里。试卷像窗纸一样，将所有眺望远处的视线隔断。所有人都呆在被试卷与参考书糊得密不透风的教室里。憧憬着不远的将来，纯白的象牙塔。

其实真的就是在不远的将来。

仅仅隔着很短很短的距离，只是当时的自己，完全无法预知这样的改变。就像是冬季沉睡在树洞里的松鼠，它不会明白树洞之外漫天呼啸的大雪和渐渐猛烈的寒风。

它的世界里只有身边暖洋洋的草皮和柔软的松枝。

它并没有看见更多的世界。

>>>

001. 我们对死亡的强烈恐惧，是因为对死亡之后的境界一无所知，我们去哪儿？我们将过着怎么样的生活？我们会遇见谁？我们可不可以继续做梦？

002. 甘愿忍受当下的痛苦，是因为你知道将来必定因此而获得。

PART TWO 流金地域

1

曾经的某一个场景，从来没有想过会在相隔三四年后重新被人提起。

大学一年级的时候，教学楼下有一家很好喝的奶茶。

课间的时候会排起长龙。如果是在冬天，生意就会更好。无数把脖子缩进衣领，双手抄进袖口的学生们等在奶茶摊前，哆嗦着把双脚踩来踩去。

那个时候我也经常去买。和阿亮一起。一边盘算着口袋里还有多少钱，是用来喝一杯热奶茶，还是用来买一本小说。

隔了差不多三年多的时间，有一天在网上一个论坛，里面一张帖子里提到了我。帖子的很后面有人回帖说："郭敬明现在号称自己多时尚多有钱，他以前在大学等在小摊前买奶茶的样子，也很穷酸啊，我亲眼看见好多次。"

我很少去关于自己的网站或者论坛，去的都是不相关的。所以也是猝不及防地猛然看见这样的对话，关于自己。

2

如果说落落她们对上海的感受，是细节到了从小长大的弄堂里，地板缝隙里出没的老鼠，和弄堂口在卫生检查时会关闭起来不让进入的铁门，或者买新民晚报时从铁门里伸出去的手。那么——

2002年第一次到达上海，那个时候我并没有完全地离开四川。只是参加比赛，飞机落地之后，也没有太大的感觉。机场永远都在荒凉的城市边缘，直到从人民广场地铁站钻出地面的时候，才第一次在内心，挣脱出曾经松鼠安眠的那一个洞穴。

庞大的。旋转的。光亮的。迷幻的。冷漠的。生硬的。时尚的。藐视一切的。上海。

你并不能在很短的时间里迅速地了解到罗森和好德之间的区别。在最初的照面里，他们都是24小时彻夜不休的夏天里嗖嗖地往外喷着冷气冬天里落地玻璃上结满厚厚雾气的超市。你不会了解到那些小资女青年在文章里，为什么对罗森推崇备至，而对好德不屑一顾。后来你才会慢慢地发现，罗森的饭团会好吃很多。推开门的时候扑面而来的是混合着台湾或者日本一样的气息，没办法用文字形容，却可以真实地涂抹在心里。

你并不能在很短的时间里，把上海四通八达的地铁路线弄个明白，更不要说如同蜘蛛网一样交错分布整个城市的公交线路。曾经搭错过线路，然后走到了单向的终点站不能往回，于是只能出来打车回到刚刚的起点。与之相对的，是在很长的一段时间里，你对地铁的依赖远远超过你的想象。大学一年级的时候，和几个同学一起去看了世纪公园的烟花。当时80块一张的站票对我们来说也遥不可及，于是站在公园铁门的外面，仰着脖子看。烟花结束之后下起大雨，于是飞快地跑向地铁站，等到终于钻到地下，售票柜台挂出了"停止售票"的牌子，脚底下是轰隆隆的最后一班地铁开走的声音。那个时候没有钱打车回去。于是在地铁站门口坐了一晚上。等到第二天早上凌晨，大概5点，天灰蒙蒙地亮了，揉揉眼睛，踏上回去的第一趟地铁。车厢里空无一人，于是倒在座位上睡觉。

三年之后终于买票进了公园，但是直到这时才会发现，买票进去看见的烟花，和当年站在外面时看到的，并没有很大的差别。回去的路上照样是倾盆大雨，和多年前也没有任何差别。

你也并不能在很短的时间里面听懂老师用上海话讲授的课业，也不能在大家突然哈哈大笑的时候领会到同样的快乐。你会在售货店员飞速的上海话里不好意思地打断她"对不起，你说什么？"，然后你也会飞快地看见她截然不同的脸色。

大学一年级的时候，学校里有卖教材《学说上海话》，很多个晚上，我曾经用来听摇滚CD和英文听力的CD机里，反复播放着"侬好！侬啊宁得伊啊？嘎巧呃！"和"再会！今朝老开心呃。"

3
其实并不会开心。如果是以"再会"为前提的话。

4
台风像要把上海揉碎一样。低压压的云朵蓄满了水，把上海压成扁扁的一块。东方明珠和环球金融都只剩下一半，另外一半在云朵的上面。

整个城市避雷针和航空灯在所有摩天大楼的顶上疯狂地乱闪。

偶尔远处传来玻璃尖锐的碎裂声。

沿海的城市早就习惯了这样的台风天气。地铁里积满的明晃晃的水也不会让人感觉惊讶。偶尔可以看见穿着连衣裙的女子把高跟鞋拎在手上踩着水走过马路。

而手机上来自四川的天气预报是，晴朗，温度28摄氏度。

妈妈在电视里看见新闻，打过电话来反复地要我关好门窗。晚上又打了一次。

5
来上海参加作文比赛的时候，第一次看见那么漂亮的高中校园。高大的教堂建筑，还有修女慢慢地走过草坪。

考场里坐着和我一般年纪的各种考生。家长站在旁边殷勤而忧虑地递送矿泉水和毛巾，而考生却是坐在坐位上不耐烦的脸色。

而我自己坐在教室的最后一排。我也很想打个电话给远方的妈妈，但是那个时候我还没有手机。我有想过跑去街边的电话亭，但是考试时间马上就要到来了。

不过第二天的晚上，我还是激动地在路边的电话亭里，投进几个硬币，然后告诉妈妈，我拿了第一名。

时间过去了很久很久。

压缩在记忆里，像是薄薄的一片玻璃标本。

6
能够伤害到你的，永远是你最亲近的人，他们对你很好，他们对你付出感情，他们渐渐走进了你的生活，你渐渐地卸下防备，渐渐地收起面对外界的利刺，渐渐敞开自己的心房。

然后一切就开始慢慢地发展，变化，直到风化为细密的流沙。

世间万物，自在来去。我们独自一人闭着眼睛来到这个世界，然后独自一人闭上眼睛前往另外一个世界。与很多人相逢，再与很多人错开。与很多人结伴，再与很多人分离。

交错编织的喜悦与悲伤，幸福与凄凉。

虚弱的肉身带不走一粒微小的薄尘。我们最后都化为薄尘。

7

独在异乡为异客，每逢佳节倍思亲。

遥知兄弟登高处，遍插茱萸少一人。

在渐渐不再为物质烦恼的今天，在独自生活在上海的今天。已经开始习以为常的事情是——

在端午节的时候自己去罗森里买回粽子。

在中秋节的时候独自去哈根达斯定那些非常抢手的月饼。

在母亲节和父亲节的时候打电话。

在各种聚会的时候被邀请去痕痕或者阿亮家里合家团圆。

另外一起习惯的是上海每年的梅雨季节，湿漉漉的水分把上海打包起来密封发酵。

还有各种时尚的派对和前卫的资讯，大街上招摇过市的各种名贵跑车，还有几乎在各种场合都可以见到的LV手袋，被小心地拎在无数的人手里。

无数转眼间拔地而起的摩天大楼。

无数新的钻石地标。

迅速闪亮起来的夜店在三个月后又颓然地倒闭。

秋天准时出现的大闸蟹格外肥美。

Dior和PRADA换了一季又一季的流行。店里的店员们永远是一副冷漠和清高的样子。偶尔会有衣着不那么光鲜的人，被轻轻地提醒 "Don't touch it"

弄堂里永远弥漫着的含混雾气。但与我的生活太过遥远，只能从门口路过。像路过一切的人与事。

这就是独自生活在上海的我所慢慢开始习惯的生活。唯一剩下的，是每一年的春节都会回家，飞机把距离在几小时里面拉近到眼前。灰蒙蒙的城市在过年喧闹的灯光下也显得格外喜庆。除夕夜刺鼻的爆竹味道在回忆里反复出没，提醒着曾经在有院落的平房里居住的岁月。那个时候的自己还和六个表兄妹一起，乖乖地站在外公面前，等着分给自己的爆竹。

柏油马路慢慢变少。这样的一座小城市里，竟然也出现了一座立交，突兀得样子让人觉得有些心酸。

眼前依然是站在机场出口，满脸喜悦的等待着我的父母。他们面容安详，闪闪发光。他们依然可以在无数涌动的人群里，一眼就看见我。

他们永远在那里。

无论我走过多少荒芜的地域，他们永远在流金的尽头。

>>>[5]-end

须臾
MOMENT

《不朽 IMMORTAL》

Coming soon…
2007年底 敬请期待
《不朽》《须臾》

落落 散文集

黑夜中分享眼睛，告别时分享遗忘，天涯分享边界，花分享各自的芬芳。
须臾如同萤息般漫长。
那是我唯一能够分享的所有不朽，在过去和将来中间，日复一日沙沙作响。

（一日一夜为24小时，24小时有30须臾，一须臾为48分钟。）
Photo by Zebra Artworks by adam

兆载永劫

Written by 落落
Photo by Zebra Artworks by adam

【兆载永劫】来源于佛教用语，意为无限久远之时间。

——出自《无量寿经》

[序]

只差一天结束冬眠。

然而雪层依然深深深深地割裂了土壤，离析在空气中的绵白拖延了时光，每分每秒被拉成失去弹性似的线。

一个端点以下。一个端点以上。

[一]

出生是如同抽签一样完全遵循天意的概率事件，于是我从"南京路""城隍庙""大世界"以及"奶油五香豆""生煎馒头"的词汇中逐步成长。被十几年的熟悉感左右，频频不屑地摇头"南京路又没什么好玩的""城隍庙又没什么可看的""五香豆硬得要死哪里好吃了"……在类似的表情重复累积到达某条界线时，随后便是对它毫无眷恋的告别。

前往北京的火车在除夕前夜出发。窗外的景象仿佛某种试纸，用愈加浓郁的白色注解北上的距离。

难道不奇怪么，即便每一次旅途必然同时存在起点和终点，但总会被划分出微妙的侧重。

这是一次"前往"，还是一次"离开"。由心境作出单项选择。哪怕在车票上，那是被印在同一排的两个城市。

上海→北京
2000年1月22日20：02开
新空调硬座特快

[二]

十八岁末的时候偷偷离家去了北京。随之接近一年的生活。搬过几次地方。记住许多以"门"字结尾的地名。还在人工售票阶段的地铁，可以在环线上沉默地坐一圈又一圈。

很多过于复杂庞大的事物难以用单纯的因果去解释分析。好比"城市"这个单词，它最常出现于各种媒体用句，从来都像没有生命特征的无机物。即便总是以诸如"欣欣向荣"之类的形容词起首。

只有等到陌生感成为唯一的度量——行道树和马路。楼房。电车的形状。各种颜色。当火车到站我提着行李踏上站台。早晨的气温，

地面结着冰层，而角落就是堆积的散雪，久日没有融化的情况下，它们混合成半黑半黄。空气干燥，没有了潮湿的含混，仿佛能够感受到每颗分子在身边簌簌作响。

车站、低温、雪、风声。这些都不会是陌生的初次体验。而问题却在于，这里的这个车站，零下十二摄氏度的气温，没有融化的雪，纹路般历历清晰的风，它们一概陌生。

变成由"熟悉"和"陌生"左右拉锯的未来。在每一处熟悉的地方发现它的陌生。随后在陌生里回忆起熟悉。既然坐镇它们的是两座城市，相距数千公里，说着差异的口音，连凌晨的天空也保持细微的不同色彩，虽然悬挂着同样的新月。

从冬到夏，再到冬天。

遇见过好几次大雪。和以往所有记忆中见过的不同，干爽的，轮廓清晰，刚刚从童话中结晶一般不可思议。天空呈现透明的浅灰，于是无法观测究竟它们从哪里降落，五十米，或者五百米，哪怕五千米的距离。

我从超市回来，提着牙刷毛巾等日常用品，又听人指点，过几条马路去另一个露天市场买相对平价的脸盆。端在手里返回的时候，走二十多分钟，淡黄色的面盆底便积上薄薄一层。大的洗衣服，五块钱，小的洗

脸，三块钱。

认识的朋友大多是北京当地人。周末看他们收拾东西回家，又在周一带来饭盒打开"这是我妈做的"，烤成黄色的饼干一块块分过来。

周末的时候我出门逛街。当新的路线图取代旧的被愈加描深，也开始慢慢对商家了如指掌。没有父母过问的时候可以随便买任何希望的东西，尽管与此同时，没有父母过问的时候也变得只买得起小部分希望的东西。

提着购物袋站在双安商场门前。它的外观还保持飞檐的古风。或是每次经过王府井，那个架在马路旁边的高空极限游戏下都会站很久。看大胆的挑战者，被安排坐在圆形的坐椅后，弹射到几层楼的高度。

晚上回到宿舍，床铺得依靠自己整理的情况下总是乱乱糟糟，我睡在十几件衣服、书本和手提电话上。因为干燥总是会流鼻血，想起以前从哪里看到的小贴士，举起和流血鼻孔不同的左手或右手。

睁眼看着面前的掌心。白天拿过的饼干仿佛还在上面残留着香味。而生命线在幽暗的光线下也粉末状一般模糊。

差不多在我抵达北京三个月后，爸爸才从各个途径辗转找到我，那是突然打来的电话，因而接起来时没有准备听到他的声音说"是我"。

借出差的机会他顺路来探望，住在就离我不远的旅馆。打开门的时候，我们面对面

站着，过一会他说"你进来"。

停留的两天里，我请了假陪他在一起。那些古老著名又一直欠缺兴趣的景点便抓紧时机去。颐和园、故宫、北海、圆明园等等。在圆明园的傍晚，游人稀少，我从一个残垣走到下一个，爸爸拿着相机。一会我替他照一张，一会他替我照一张。想找个人帮忙合影，也等了很久才如愿以偿。

我起初站在他右侧，但他说着"逆光了，这样逆光的"，我又换到左面。帮忙照相的人示意了一下"一，二，三"。快门声响起的时候，我才想起或许应该挽着爸爸的胳膊。

挽着他。或者拉住他的手。或者肩膀亲昵地靠在一起。然后加一点笑容。

但三个月后的突然碰面，使我的反应迟钝下来，某种陌生挥之不去地填在嘴角，艰难地撑起看来漫不经心的表情。对于他的问话回答着"没问题的""都还蛮好的""唉这个不用你担心"，抬起头来又转开，看着时钟问"你之前说你的火车几点开？"从他手里抽出火车票举起来看。

那天晚上从车站离开后，没留神走错方向，随之而来的就是将近四十分钟的迷路。在路边找了公用电话打电话给朋友，他说"你先……""然后……""到了……""再……"。又问我"你爸爸走了吗？"。

挂了电话后拉长袖口堵在眼睛上。用很大的力气屏住呼吸。

这时终于所有先期的陌生感统统流尽。剩下回忆成为整个章节，海绵遇水一般几倍泡大。熟悉的一切仿佛没有空隙的纸页写满密密麻麻的字句。甚至不用睁眼，仅凭呼吸就能从心跳中阅读。

如果曾经没有概念，只不过因为当时你只有一个端点，无法连结成线的时候，它仅仅是什么情感都难以承载的小色斑。

直到另一个端点终于出现，接着由火车，飞机，睡梦中的步履，前行的冷空气或者沙尘，把它们变成某条直线的两端。

北京→上海
2000年4月2日19：43开
新空调硬座特快

［三］

好像贴在玻璃上受挤压变形的脸，慢慢褪一点血色。

高考结束后带来绵绵不绝的续文。有各类方式和途径表达的"我们很失望"。饭桌上出现摔筷子和咆哮，关门时刻意的大力，所有熟人打来电话时微妙的语调声。

白天游荡在上海，换三辆车去北端的公园，周二的上午里面安静过度，情侣和健身的老人都不曾出现。阳光抚摩梧桐树叶的同时漏下一些在我脸上，如同刚刚干涸的绿色的泪渍。

有时经过人民广场。市中心拥挤繁忙的十字路口。转脸看向窗外，被光柱映出轮廓的云层，声音在下面液态状来回流动，喧嚣在电车驶过后重新愈合。烫着波浪长发的女人坐在我旁边打电话，半途突然转过头瞪了我一眼，我才发现原来是自己的提包在刚才的转弯中倒向了她的小腿。

倘若用栖身的浮船来比喻，那么始终没有看见过微甜的花海。四周冷光迷离，潮湿占据每个分子，稍微大声便能震下雨滴。

对于容纳了我十几年的上海，长久相处

后的感想却不会温暖有关。它有固定的词组来搭配修饰，好比"时尚""潮流"和"华美"。然而在简陋琐碎地充当道路上无足轻重的一员时，所有那些辞藻只是高高在上的目光，永远无法眷顾到我的日常。为家计烦心，为学业担心，为一点点幼弱的恋爱大悲大喜。

即便是每天都会经过的橱窗，却始终不可能推门进去。柜台小姐用懒洋洋的目光打量，在你看过某件衣服后立刻跟上来把它重新拉拉平掸掸整。

请问我是真的有动作大到将它弄乱弄脏了吗。

不断的类似的讯号，让人以为这便是整个城市对待我的态度。就如同冬天的上海总是雨。潮湿加剧阴冷的侵蚀。细小的雪珠以十万比一的概率偶尔混合其中。

无视弱小的平凡的世俗的窘困的上海，和被它无视着的弱小的平凡的世俗的窘困的我。

最后一次闲逛在路边的时候发现一家卖DVD影片的小店，进去看了看后挑起两张问老板，这个一张多少钱。精瘦精瘦的中年男子的老板，穿着家居的衣服和裤子，从和熟人的聊天里回过头来说"12"。我很惊讶地问他"怎么这么贵啊"。可他突然走上来，一把抽走我手里的东西说："贵什么贵啊！

别买了你别买了。"

演变过于突然，我不知所措站在原地。与老板刚才聊天的女人走上来搭腔说："哦唷，侬作啥火气大。"老板不满地看向她："你说哪里贵啊！"随后转向我，"你去外面看看！"

他说："你走！我不卖给你！"

直到现在也不明白原因。

我从店里出来，加快脚步走到下一个路口，想要举起的右手还是被忍住了，尽管如此便没有更多的力气压抑卜酸胀的眼眶。当时一定是被委屈不解愤怒和困窘所充斥的表情，在眼睛附近留下了泛红的印记，并且一直走到下一个路口，再一个路口，依然不明白原因。

这个名叫上海的城市，总是提供自己这样的境遇。

没有"家园"也并非"故土"，仅仅提供了自己住处的城市。况且从小时候在弄堂，到长大点后随父母一起租住在没有客厅的楼房。然后所有关于温暖的词汇全都瞬逝，美好只是苦苦追随却又不知所终的东西。完整的一天，从站在老虎窗前刷牙开始，到晚上从楼梯上摸黑，喜爱的男生只是一个不能拨通的电话号码，而班主任每过一个星期就会把妈妈电话喊去。

这些原本零碎的，互不关联的东西，在一个决定后被视作整个城市的名字，印在我即将出发的火车票上。

[四]

既然到了北京，终于有天去看升旗仪式。是在一个通宵未眠之后，从永和豆浆摇摇晃晃走出来。清晨的气温足够让人缩着脖子肩膀发颤，然后走到一站地后的广场前。零散的同样不知来自哪里的游客聚在一起。没过多久，马路对面的金水桥上传来音乐声，整条大道的车流被暂时封锁，我看见逐渐走近的国旗班。

过后电话打给妈妈，她说"是伐，我也想看看的呀"。

于是下一个国庆长假，爸爸带着妈妈到北京来看我。

那是长假依然盛行旅行的时候，天安门的人流可怕到平日完全无法想象。我跟随着父母挤在人群中照相，排队经过大小殿堂，中午吃饭的时候等座很久，但神情依旧亢奋。没有赶上早起升旗的情况下，降旗仪式还能补看一眼。妈妈追在国旗班旁边一边冲我招手"按这张！按这张"。爸爸买了饮料从远处慢慢挤过来。

回去的时候，火车票怎样也买不到，最后他们改乘长途汽车。爸爸去楼下的商场买特产的时候，我和妈妈就坐在二楼的椅子上。

我问她："怎样啦？"

我问她："没什么事吧？"

我问她："下次还有什么时候能过来？"

在楼下送他们上了开往长途车站的电车。我帮妈妈提一个行李，她反而拿下来，换手拉住我。看她跟在爸爸身后走上台阶，我松开她的手说"就送到这里了，我不跟你们去车站了"。

妈妈似乎没有想到，她诧异地重复一遍"啊？你不去？"

我说："嗯。"

她拉着我的手捏了一下，然后才放开。我看到她的嘴角抿起来，成为某种僵硬的灰暗的表情。随后开口说："那再见。"我站回到电车站台上，冲她和爸爸摆手"再见"。

或许就是这样。

我们对于一座城市的情感被人生逐日分解，然后无论它的地貌、建筑、历史、人文，都敌不过在某天，握过的一双手，一种温度。和一次告别。

搬过几次家。从公司宿舍换住到外郊的公寓，很远的地方，小区四周都是泥泞的荒野。

迷路很多回。陌生的路名仿佛时刻准备着一般蛰伏在身边。

冬天的时候渐渐习惯暖气。夏天常有暴雨。超市里提供着上海看不见的品牌的牛奶，有的好喝，有的未必。

曾经的陌生渐渐被熟悉所替代，而熟悉则渐渐陌生。只剩下拨回家的电话号码，加上区号的十一位，如同某个结痂一样被反复描摹，前所未有的牢记。

兆载永劫

Written by 落落
Photo by Zebra Artworks by adam

[五]

要经历许久才会明白我们的虚弱来自何方。

迁徙不是越来越好的承诺，它仅仅改变了原先的理由。在熟悉的城市里挣扎，或者在陌生的城市里怀想。总有新的原因在新的地域里等待，让内心的无助随时找得到土壤。

然后当无限长无限长的时间过去，即便城市都已经化为废墟，植在地表下的根系依然紧紧攥捏着土层。有光的时候它落下影子，那是魂魄不灭的形状。

>>>15l-end

城事　Written by 七葷年
　　　　Photo by Zebra　Artworks by adam

12:49

2007 Jul

这是最好的时代，这是最坏的时代；这是智慧的年头，这是愚蠢的年头；这是信仰的时期，这是怀疑的时期；这是光明的季节，这是黑暗的季节；这是希望之春，这是失望之冬；我们面前什么都有，我们面前一无所有；我们都在直奔天堂，我们都在直奔相反的方向。

——查尔斯·狄更斯《双城记》

1

张艺谋为成都拍了城市宣传片的那年，每次离开成都，都会在双流机场的入口处无一例外地，被迫从低矮的车窗仰视路边那块巨大的广告招牌，花图色样早就不复记忆，唯记得上面写着："成都，一座来了就不想离开的城市。"

那招牌气势不凡，一句"一座来了就不想离开的城市"显然是折中众多锦囊妙语而来，但我总觉差强人意：它道的不过是一个过客的恭维，却没有精妙地说出那股道道地地的成都风味。也罢，这等丰富微妙的风味，千人千面，亦不是一句话能够概括。

李白咏，九天开出一成都，万户千门入画图。草树云山如锦绣，秦川得及此间无。
杜甫叹，锦城丝管日纷纷，半入江风半入云。此曲只应天上有，人间能得几回闻。
刘禹锡记，濯锦江边两岸花，春风吹浪正淘沙。女郎剪下鸳鸯锦，将向中流匹晚霞。
杨雄赋，都门二九，四百余闾，两江珥其市，九桥带其流。

这些都是幼年时反复咀嚼的诗句。一笔"窗含西岭千秋雪"，而今品味起来仍觉意犹未尽，妙不可言。这笔墨下的写意之象，俨然一座昌明隆盛之城，诗礼簪缨之邦。雕栏画栋，佩玉鸣鸾，人烟阜盛，街市繁华。府河作青绉，锦江作绿绦，连肌肤都是润的。一梦千年，流到现世的手里，旧蕴变迁，唯在某条幽苔深深的老巷尽头，在风轻雨潇的濡湿季候里，在成都人柔绵如云的口音里，辨得旧日依稀残迹。

2

自幼年起不知在成都进进出出多少次，中学时代亦在那里度过。它于我，只有家乡的幻影，却到底不是我的家乡。我印记它，是因了它给过我的印记。

人总是不能置身度外地回忆它的家乡，而回述一旦被记忆所篡改，失却的是时光的尊严。幸而这里不是我的家乡，因此我忖度自己不会因对它感情充沛而陷入迷局，混淆沧田之变之间的昼与日。我记认的成都，不会是它冗赘繁琐的街巷之名，不会是它无可媲美的食艺，不会是茶馆里昼夜不停的谈笑，不会是俯拾即是的富人和美女，也不会是那遍街多得叫人发愁的小时尚……这是属于成都人应该印记的东西，不是我记认的。

但我也只能告诉你，我记得的不是什么，却不能说出我记得了些什么。

这天地富足闲逸，生出了一片节奏舒缓的花花现世。它终究是不可印记的。

3

我的高中在成都度过。而写了这些年的字，回头一看，它也总是无处不在地渗透在我每一篇东西里面，一些小事反复提及，叫我感叹自己过得苍白。当年的朋友们，除了少数几个仍然坚守大陆之外，其他的孩子们全都四散天涯。曲和，区区，小范，小青，小白，火烈鸟，YOYO……这些温暖的名字，好像若不是放在纸面上，已经叫不出口了。用以描述旧日时光的那些字眼，诸如高三，诸如青春，诸如离别，诸如忧伤喜悦……都是个人感情色彩过于浓重的陈词滥调。一岁岁长大，那些越年轻的事，越变得经不起重拾。

正所谓一种无处安放的拿捏不定。

但至今仍然相信，那时遇到的你们，是一道照进我生命里的光线。

因为相遇之前，离别之后，我都未曾见到比你们更加优秀的人。那个时候的我们，都是快马平剑的傲气少年，并不因方向模糊而失去前进的激情，也正是在这样的横冲直撞中渐渐劈出一条妥当的路来。所以无论是与你们朝夕相处的岁月，还是而后各奔天涯的日子，我都一直在一个安静的角落里，为自己能与你们曾是朋友而骄傲。

回想那些年生，由于学校封闭式管理的缘故，我其实很少出校。高一时的周末，曾经几次逃出来住在火烈鸟家里，周五晚上在离校回家的路上绕到人民南路中段的一家音像店去淘X-Japan的碟。夜里火烈鸟的妈妈总催促我们早点睡觉，于是我们只能暗度陈仓，在狭小房间里关了灯，盘腿坐在床上一张张听CD，黑暗中断断续续地说话，耳机里一段段悲伤的歌声像潮水扑岸一般淹没言语，我们便就此沉默下去。谁也看不清谁的脸，但知道身边也并不孤单。偶尔我们还会在周六去会展中心看cosplay，，周日一起去动漫绘画班。她画画，我就带几张CD塞着耳机在旁边安静地坐一个下午。

这些场景都像极了岩井俊二的电影里那些平铺直叙的镜头。

火烈鸟住在玉林小区，成都很有意思的一个地方。聚集着一些动漫店、电影碟片店，以及白夜、小酒馆。前者是一家以电影为主题的酒吧，区区她们就是在那里找到了传说中的Lube的CD，翻刻了一张送给我。后者是所谓的成都地下摇滚音乐腹地，曲和在高三时都还不时会去那里看乐队演出。

那是一段可爱的日子，所谓的伪愤青伪小资的年代。

彼时心浮气躁，也不懂事，心中总有堕落的冲动，中规中矩的表象下，内心却躁动得一点诱惑都抵抗不住。有一次和火烈鸟从画画班回来的时候碰到另一同学，他正好说他郁闷想找人一起去买醉，我便毫不犹豫地和他走了。那晚他喝了太多，直到酒吧打烊，我们不得不走出来另寻去处，十分狼狈。大约是凌晨三点钟，我们横穿春熙路。这条白昼里沸腾喧嚣的商业街道，在夜深人静时分竟这样萧索阴森。我们相互扶着不知走了多远，他坚持不住倒在地上，由着心事，哭了出来。我站在旁边无动于衷地看着他躺在地上流泪。

　　长长的一条黑暗阒静的街道，就只有我们这样两个孤魂一般的身影。好像是被扔在了整个世界的后面，再也回不到人间。我印象非常深刻。

　　高一寒假的时候也逗留在成都，住在Kathy家里。我迷恋上会展中心的溜冰场，每天下午都和她去溜冰。头一次穿冰刀鞋，上手竟然也很顺利，不爽之处是场上人多，我一旦滑快便会撞到别人。溜完冰就经常跑到天府广场毛主席像后面的那家鲢鱼火锅店去吃饭，因为是同学的老爸开的，所以蹭饭也成了习惯。晚上迟迟不回家，像个城市潜行者一样在喧哗的都市深处散步，都不说话，快快地走。有一次走了很远，走到了九眼桥那块儿，家就快到了，她不愿回家，于是停下来点了烟站在路灯下夸张地抽，扮野到无可救药。但我仍旧暗自喜欢看她点烟的动作。

<h1 style="text-align:center">4</h1>

　　高二的时候看到搞笑短信说，即使上高三（刀山），下火海，我也一样爱你。

　　那个时候很轻松地就笑出来了。而到了高三，这句话才有些许别样的意义。那些起早贪黑的日子，逼近枯燥的极限。六点半，就被那个喜欢在自以为没人时嚎一曲《莫斯科郊外的晚上》的生活老师（曲和心中的漂亮姐姐）叫醒，昏昏沉沉起床，洗漱，五分钟之内就下楼，顺路去食堂买面包鸡蛋，到了教室就用饮水机的热水冲一杯奶粉，坐到座位上一边看书做题一边吃早点，一抬头，刚刚还安静无人的教室，就已经陆陆续续坐满了人。此时通常是七点不到。接下来的是一整日密密麻麻的上课和考试，看书和做题，一直要到夜里十二点。而又要一直这样暗无天日到周六才有一次暂停和轮回。

　　期间如果某个中午我们能够找到借口溜出学校，去隔壁大学旁的"小春熙路"去吃一顿冒菜和牛肉香饼，顺便淘几本电影杂志来补充下精神食粮，就简直是无上的奢侈了。

　　高三那年妈妈来看望我的次数更加频繁。每次她来学校于我而言都是一个难得的放风机会。妈妈总是开车带我到陕西街的贾家楼去吃饭。成都餐厅多如牛毛，蜀人做川菜手艺大都不错，甚得滋味。银杏或黄城老妈等吃排场的地方我是不够档次去的，最喜欢的就是陕西街的钟老鸭和贾家楼，还有对面的兰州拉面，可作早餐。犹记得贾家楼的果味芦荟和清蒸鲈鱼鲜美异常，我每次必点，且不论其他菜色如何，我一个人就可以吃完两份芦荟和整条鲈鱼。母亲坐在对面眼神爱怜地看着我吃饭，自己却不怎么动筷子，只是不停地夹菜给我。沉默无话的背后，又似有千言万语的叮咛。抬眼若目光相撞，便各自心里都会酸涩难过起来。我害怕那样的感觉，所以只低头吃饭。

不知为何，而今回想起来的时候，是时的枯燥生活变得抽象而模糊，反倒是些许微小的快乐，清晰得毫发毕现。那时班里几个官僚主义分子组建了国务院，可是后来主席曲和保送了，总理被北外要了，剩下小秘还坐在我的前面。那个一身青铜器臭味的历史狂一心想考川大的历史系，忠心耿耿地要在大学继续做主席的幕僚，尽管事实证明她仍然投奔了资本主义，在香港的大学混得有模有样。过去在她的淫威之下，我不得不承认我是她的宠物，经常一下课，她就摆出令人发指的傲慢姿态对我说，走，跟主人出去遛遛。

高三同桌小青是数学老师Mr. Snake的小妾，班长小白是他的正室，两人皆是数学老师的爱妾，正所谓"青白双蛇"一对。小白习惯秋波到处抛，估计体检老师要是不领情就要判斜视的那种，虽然她和我左一声阿姊，右一声壳壳地叫得亲热，但是我还是没有得到她们的数学真传。姑且就让她俩姐妹争完北大争清华吧。

至于曲和，据说经常在网上被误认为是个学识渊博才华横溢玉树临风的美男子，而这种猜测实在说明政治课上的口号"要善于从现象认识本质"并非无用。我曾为小青对她的一句形容佩服得五体投地："单看她那一双脚，纯粹就是一个馒头上插了五颗胡豆。"

如此一只真人版机器猫，总是不费吹灰之力便疯狂激发出所有女老师的母性。过去我跟她在知性美女生物老师面前争宠的时候，她只要一摆出那副幼儿园小孩想吃冰糕的欠扁模样，我就知道我又一次注定全军覆没。她的嘴皮之利索，官僚意识之浓厚，以至于高三的某天晚自习之前，雨过天晴，我对她说，看，窗外的晚霞好漂亮！她嬉皮笑脸地回我一句，怎么着，党的光辉吗？——我真想拿圆规给她戳下去。

还有区区，过去曾经被我叫做翠翠，因为她在学完语文课本上节选的《边城》之后，便数次念叨她喜欢沈从文。我索性赐女主角之名"翠翠"于她，顿时众人欢呼。高二以来的日子，我们每天一起吃饭。今天你帮我提书包，我去冲饭(即冲锋食堂排队买饭)，明日我帮你提书包，你去冲饭。常常是别人还没有找到座位坐下来，我们便吃完午饭回宿舍了；而晚饭吃完，我们都会去散步，绕着学校一圈又一圈，一圈又一圈，还是不想回教室，总是拖到晚自习铃响，才你拽我我拽你地上楼。如此的后果就是，两年过去，我们两人的吃饭速度已经快到他人无法容忍的地步，以至于毕业之后，我在大学食堂再也找不到人吃饭，因为没有人能够忍受自己筷子还没有动几下，对方就已经吃完，然后恶狠狠地盯着你叫你快点。

所以我总是一个人吃饭。而每次一个人吃饭的时候，我总是这样地想她。

高三的尾声，身边的朋友保送的保送，出国的出国，走了不少。那时兵荒马乱，并肩作战的死党却渐渐变少。好像大家一夜间就疲倦而沉默了下来。曲和被保送了之后，就堂而皇之离开学校开始远途旅行、养猫，总在我为万恶的数学题生不如死的时候，发来短信，说她正在平遥的酒吧邂逅某某，或者正在广西乡下的河边坐着洗脚。

小青被北大保送了之后，仍然十分恪尽职守地留在我身边做同桌，习惯性地用右手食指推推眼镜，一本正经地提醒我，不准咬手指甲，要奔清华。

区区已经通过了中戏的专业考试，意味着高考不需要数学成绩，每日优哉游哉，拿着就算100分制来看也不及格的数学试卷面不改色地从Mr.Snake面前走过去，气得他够呛。

5

两年之前写这些回忆，可以写得滔滔不绝字字若泪，一年之前再写这样的回忆，就已经不再动容，生怕写成了矫情。而今再写这样的回忆，只剩下经过层层过滤之后印记深刻的很少一些人事了。

忘记。如果没有忘，何以记。

忘记晚自习之前为了复习单词准备听写而不去吃饭的日子，忘记因为二诊考飚而削发明志的孩子，忘记打满了凌乱草稿的本子，忘记做也做不完的卷子，忘记放在课桌上残留着咖啡的杯子，忘记我们坐在一起度过一个又一个晚自习的桌子椅子。

在离高考还有半个月，放了温书假的那天，我带着逃亡的心态离开了学校。收拾完所有的书本，足足装了五大箱。

一路骊歌，我与学校渐行渐远，从车后窗看过去，那几栋再熟悉不过的平地拔起的米色建筑越来越小，缓缓陷进地平线。成都绕城高速公路上的绿色路牌一块块闪退而去，十公里，二十公里，一百公里。一些面孔越来越远，一些事情越来越淡，像经幡一般挂在时光的轴线上，被拉成了一条渐渐绷紧的弦，最终断掉。

此番离开这座我度过花样年华的城市，虽早已是轻车熟路，却有了诀别的意味。后来还是很多次像所有过客一样在成都进进出出，但不再是那种诀别的意味。

我狠下心来，再也没有回学校去过。我曾想，那一片弹丸之地，不过一片操场，一座大楼，几块绿茵，几条曲径……这何以承载得起一茬又一茬鲜活得历历在目的青春。

这一切将在我那被回忆肆意篡改的头脑中，渐渐抽象成一些雾一样的尘埃，浮在梦境之外的空茫黑暗中，夜夜夜夜不断下坠，总有一日尘埃落定。青春还是那样美丽而遗憾，我已走过。

光辉岁月啊。

我会怎样想念它，我会怎样想念它并且梦见它，我会怎样因为不敢想念它而梦也梦不到它。

6

2005年夏天对我而言是个毕业的季节。每个人问得最多的一句话便是，他去哪儿。

一夜之间就各奔天涯的味道。

北上临行的前一夜里，与曲和彻夜说话。翌日她在月台上为我送行，我站在缓缓启动的列车上，谙知即将离开这座"来了就不想离开"的城市，一时动情，落了泪。泪只两滴，抹掉就干了。转过身去不忍再睹她的身影，就此决意在捉襟见肘的世情中冷暖自知下去。

北上之前曾有朋友对我说过，天津是一座尴尬的城市，你去了便知道了。

我无动于衷地笑，那又如何。这对我而言不过是座干净乎然得没有任何记忆，没有任何朋友的城市，以处子之身展现在我眼前。不是北京那样的梦想之城，也不是成都那样的回忆之城。我要的便是这样的置身度外。要的便是这种干干净净的陌生。

梓童是我大学里最好的朋友。

那个时候刚进学校，沉淀了一个夏天的失望仍然直白地写在脸上，冷漠不近人，顾影自怜，走路都懒得抬头。开学半个学期之后我还叫不全班里二十个同学的名字。

因为是小班授课，所以总感觉是在上高四。教室里的位置是任意的，但是无论前面的人怎么换来换去，最后一排永远是空给我的。上课的时候我一个人占据整整最后一排空座位，独自埋头看英文小说，一副事不关己的样子。如果被老师提问，我就气定神闲地请他再重复一遍问题，然后用流利的英文想当然地作答。老师总是无可奈何地说，Yousaidsomething,butyousaidnothing.

我以为我会这么独来独往地过完整整四年的。终于有一天，梓童走过来，叫我的名字，说，你做我师父吧。

我合上书抬起头来，哦，好。

那师父，以后我挨着你坐吧。她脸上有小孩子得寸进尺之后的狡黠表情。

哦。好。

梓童是一个很男孩子气的女生。记得新生大会上，全班人第一次坐在了一起。我扫了一眼，心想，唉，只有四个男生，而且论相貌而言其中三个都叫人不敢恭维。

剩下的那个还可以恭维的，就是梓童了。

结果她也是个女生。为此我彻底无语了一阵。那会儿正是李宇春红遍大江南北的时候，中性美成为年度热门词汇。我看着梓童这个孩子，觉得她独立，干净，帅气，礼貌，懂事，是少年时想要成为的样子。

我们成了特别好的朋友。教室最后一排座位从此多了一个人，我们两个人坐在一起，她看《红楼梦》，我看《JaneEyre》；我背牛津词典，她就背朗文词典，我学德语，她便学法语，我练圆体字，她也就练圆体字……在课桌下面玩折纸，或者不停不停地讲话，讲到老师忍无可忍地点名制止……英语晨读的时候她突然提议翘课去唱歌打电玩，我们就立马收拾书本浩浩荡荡闪人。

学校处在五大道片区，那是几条延续着殖民时代建筑遗风的有名街道，天津最漂亮的地方之一。她有时会骑车载着我穿行在大街小巷，带我去一些淘好东西的地儿。我们去过花卉市场买野百合和栀子，去过八里台淘些杂志书本……有事儿没事儿的时候去通宵K歌，喝得东倒西歪，睡在沙发上有一搭没一搭地说话。天亮的时候勾肩搭背地走出来，宿舍还没有开门，我们便游荡在清晨时分安静无人的城市里，从河东区走到河西区……

曾经有段时间我心事很重，总是不开心。晚上她便常常陪我散步，从春天，到夏天。我们在黑暗的校园里走来走去，聊许多许多话，开许多许多玩笑，我从来没有和谁在一起这样的愉快和放松过。心情渐渐平静下来，想，没有什么事情不可撑过来，没有什么人不可以忘记。

我写这些话的时刻，离她即将出国留学还有三个星期。我一直觉得我不是个惧怕离别的人，但是我却特别舍不得她走。是因为预感到一旦她也离去，我将彻底孤身一人的缘故吧。我竟又这样顾盼起来。

7

最近的一次与她一起逛街，梓童说，我将去的大学是一个教会学校。可惜我是一点都不信教的。

彼时我们正走在古文化街上，她又问我，你知道天津有许多西式教堂，都是殖民时代的建筑。你去过么？

我说没有。

等我们逛累了，她就带着我拐进一条巷子，走进了一座很小的天主教堂里面休息。礼拜堂里空无一人。米黄色穹顶上面有着模糊不清的壁画，黑色的旧木条椅一排一排地码着，仿佛白桦林深处某片被遗忘的墓碑。

我们还未坐下，一个五十岁左右的阿姨走过来，操着一口天津话，很激动地对着我们叫唤，孩子……你们来了……你们是上帝的子民……是上帝把你们召唤到这里来的……小姑娘……来来来坐下……我来给你们讲讲……不耽误你们太久的时间……我是想让你们知道你们从何而来又从何而去……

梓童猛拽我的手示意我赶快闪人，可是我的胳膊已经被那位老阿姨给提住了，动弹不得，于是我们很无奈地只好以僵硬姿态，站在原地聆听这位老阿姨的布道。

我不太能听懂她的地道的天津话，唯独只听清楚一句：这个世界旧了，上帝要把它像卷地毯一样卷起来。

　　讲了四十分钟之后我的腿已经站硬了，面部保持着虔诚的表情，仰望耶稣十字架，肌肉酸疼。为了对布道者表示尊重，我很有耐心地继续听她讲圣经，讲完了之后，那个老阿姨一遍一遍地追问我，你想过死亡吗有人在你身边死去吗死亡对于你来说意味着什么可怕吗你知道死亡的真相是什么吗……

　　她一边说，一边缓缓靠近我，我惊恐万分地盯着她，感到无比的羞耻和害怕……我狂捏梓童的手，于是梓童打断她滔滔不绝的演讲，说，阿姨，不行我们真有事儿我们先走了……

　　我们终于落荒而逃。我不敢回头，关于生和死，罪孽与福祉的诘问曾经如此顽固地盘绕在我的头脑，而那个神情偏执并且对这个令人失望的世界言语怨毒的老阿姨，仿佛要重新把我牵回黑洞之外的光明世界———一个充斥着谬误与真理的世界，一个旧的，像脏地毯一样应该被上帝卷起来扔掉的世界。

　　跑出教堂之后，我回头看见那个神色仓皇的老阿姨站在斑驳的拱形青砖小门下，老梧桐的残枝屈曲盘旋，幽绿的苔藓植物附着在青砖门上那个古老的石刻十字架上，这个场景像欧洲电影结尾的空镜头。

　　这个世界旧了，上帝要把它像卷地毯一样卷起来扔掉。老阿姨说这话的时候，做了一个卷东西的手势。

　　活像上帝。

　　或许就是上帝。

　　>>>I5l—end

PIXAR

从来未曾离开过

Written by 安东尼
Photo by 安东尼 Artworks by adam

九一年的时候 陈可辛出品 双城故事 他的双城是 香港与三藩市 那时候的曾志伟还没有现在这么油 很招人喜欢 那时候的陈可辛 不像如果.爱那样欲罢不能 更多的是朴素 含蓄 感觉清新 我一直喜欢 那个时期的香港电影 比如 甜蜜蜜 阿飞正传 新不了情 那些市侩的 亲情 爱情 小甜蜜 小心酸 小心思 和不经意的眼角眉梢 本来那么简单而又生活的东西 看着 看着就浓郁起来 不知道这算是 唯美 还是那个时期香港电影独有的 我所不能描绘的韵味

七年之后 莫文蔚出了一张专辑 就是莫文蔚 主打歌是 人山人海 为她制作的讲述 香港台湾之间的 双城故事 那个时候的莫文蔚 还没有加入新力 总觉得新力之后的 莫文蔚 尽管延续了她的独特唱腔和性感 却失去了滚石年代的舒适 就是莫文蔚这专辑 打眼一看乱糟糟的歌曲排列 可是cd包里会一直放着 双城故事里 伴随着前奏 以轻松的口哨声开始 然后莫文蔚以欢快慵懒的嗓音唱 千山万水沿途风景有多美 也比不上在你身边徘徊

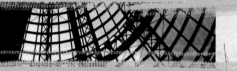

又过了七年 春节刚过 我还是每日和同学出去逛街唱歌打麻将 某日突然快递来了 出国留学的签证 和对方大学的COE 然后在一周的时间内 买旅行箱 订机票 联系在澳洲的房子 装箱子 有同学问我当时什么心情 我说 好像小学要出去春游的前一天 小学出去春游的前一天 我都会失眠不过出国的前一天 我睡得死死的 第二天早上 大队人马来到大连机场 满满两个行李箱超重了许多 爸爸说不要紧 他已经和朋友说好了 结果爸爸找的朋友是 全日空的 可是我订的机票是 日航的……眼看飞机就要起飞了 还没有check in 然后在那个全日空的叔叔的说情下 交了1000多的罚款总算让我进去了 就这样稀里糊涂的 连给我妈和姐姐哭一下的机会都没有 我就一边挥手一边傻笑地进了候机厅 在JAL的大客机里坐好 把耳机塞在耳朵里 阿信唱 嘿 我要走了 很强又长的前奏弄得我 斗志昂扬 可是听到他唱 如果你还肯听 我想说声我爱你 反正自作多情是我看家本领嘿 我要走了 昨天的对白已不再重要 我已见过 最美的一幕 只是在此刻 都要结束……一下子反应过来 我要离开中国了 要离开大连 这个我生活了20年的城市 然后 不知道 是不是飞起加速时候的巨大冲击 鼻尖开始不断颤抖 用手捂住了眼 飞机一下子腾空

哦 这是我的故事 我的双城是 大连与墨尔本

【火车。有轨电车。公共汽车】

尽管有一个阶段 疯狂的迷恋打出租 不过最喜欢的交通工具其实是 公共汽车 小学五六年级的时候 周二下午没有课 电视又不播放节目 鸣 萌萌 和我就揣上一些钢镚儿 出去坐公共汽车 随便上一个公共汽车 然后 随便在某一站下车 接着换另外一个 公共汽车 又随意地下车……可能是大连太小了 我们就这样一直坐下去 也从来没走丢过 有的时候在公共汽车上玩无聊的游戏 比如

向穿红色衣服的人招手 说嗨 比如和路边戴帽子的人 面无表情的对视 弄得他莫明其妙为止 有的时候 我们就坐一排 谁也不和谁说话 小脑袋整齐地看着窗外 那个时候觉得自己懂得很多 后来呜去了法国 萌萌去了别的城市 再也没有人陪我玩 这游戏 坐公交的习惯倒是一直没戒掉 夏天 午觉以后 迷迷糊糊的到院门口的 快客买酸奶 或者 pepsi 然后就去坐公交 可能是因为太热了 车上都没有什么人 坐在公共汽车的最后一排 左边的位置 把车窗推开 有暖风扑面 公共汽车慢悠悠地行驶 穿过一个又一个 广场 热浪一席一席的 加上后排座位的些许颠簸和公共汽车行驶时候的咯吱咯吱的声音 不到一会儿 便又有了睡意 过了星海三站 便马上觉得清爽起来 空气里弥漫着海味 透过玻璃直射进来的阳光 好像平普治疗仪的那个温度 能听到公交车咬字不清的中英文报站 声音能听到车上 大连话独有的海蛎子味的对话声 轮胎撵走小石子 咯吱的声音 身体愈合的声音 听不到

　　有轨电车 是大连的一个特点 我小的时候 它的样子是绿色的 好像火车 却更圆润 不慌不忙地

在城市里穿梭 不知道是因为他的读音 还是速度什么的 我总喜欢把它叫做 乌龟电车 我一直觉得乌龟电车会很好开 因为轨道是固定的 是不是只要踩油门就可以了？ 乌龟电车有两个车头 每次到终点站的时候 司机叔叔 或者阿姨 就会拿着大大的茶叶杯子 从车的这头走到那头

　　旭去日本的前一天 我从大学偷偷逃课回大连 铭 旭 和我坐在冬日星海湾的海边 许久许久三个人都没有说一句话 旭不知道是在看海还是在走神 我玩着手底的沙……然后铭忽然欢快地说妈 两个彪子都要出国了 这个城市就剩下我 然后他笑得很做作 那天喝剩的啤酒瓶 留在海边 我们都没收 后来把旭送上出租 他很用力地抱了抱我 说你出国好好照顾自己 因为是偷偷回大连 晚上我和铭坐电车去他家睡 在车上的时候 我不断地想 明天出国的人不是你么 为什么 要嘱咐我好好照顾自己呢 想着想着 顾不上车上那么多乘客 就> <了 用有沙子的脏脏的手擦眼睛

　　墨尔本城市内的 有轨电车 公共汽车和火车 都是一个公司的 所以 只要买一张票 就可以随便坐 有一种票 叫 2hours 是在买票之后下一个整点开始即时的 所以有些人 就等到 xx:01 的时候再打票 这样 2hours 就变成了 3hours 墨尔本 公共汽车的座位 很舒适 后部分有两排座 是背对着窗的 乘客面对面坐着 paul 说 坐那里感觉上像坐过山车 这个我感觉不到 bus 来的时候 你要在站台上招手 否则他看到有人也不会停 上车时候 司机会热情地和你打招呼 如果要下车 就按车上的红色按钮 下车的时候说谢谢 司机会冲着后视镜对你笑 有一次 我和那那 迪迪逛完市场坐公交回家 bus 开进了一个 我们都不熟悉的街道 正纳闷的时候 司机在一个 麦当劳旁停下来 他对乘客说等等我 然后 下车 五分钟左右以后 抱着 一袋巨无霸套餐回来 我 orz 晚上特别晚的时候 bus 里会开青紫色的灯 忘记是谁告诉我说 这是防止有人在车上注射毒品 因为这样的灯光下 看不到血管也不知道是不是真的

　　火车上 有各个国家的人 澳仔 法国人 中国人 希腊人 日本人 越南人 印度人 意大利人……很

多人都带着ipod 也有很多人 埋着头看书 黑人和黑人 彼此不认识 也能上来就握手 如果有橄榄球赛的时候 因为球场附近的停车场根本不够 所以很多球迷就坐火车 去体育场 然后就看到 满满一火车的 穿着球服 的球迷 有些家长给孩子的脸弄上彩绘 有小猫 小蝴蝶 还有队标 火车站 到处是这样的人 恍惚得让我觉得有点哈里波特

有一天 在家里 数了一袋子的硬币 到火车站的贩售机买车票

刚要投币的时候 看到一个泰国的女士 要过来买票 于是我让她先买 (因为 我的硬币面值太小 要投六七十次 才能买一张票) 结果 那个女士的硬币不够用了 机器又死活不认她的五元纸币 (其实不是纸 澳币是塑料的) 然后 我凑了1$多的硬币给她 她买了票以后 一直和我说谢谢 要给我那五块钱 我说不要紧 不要紧 她很不好意思 走了挺远 又回来 塞给我两个大橘子

然后我开始买票 这时候我后面的人开始多了起来 我投呀投 不时转过去向后边的人说sorry 结果 最后我发现少了1$ 这时候我才想起来 我带的硬币是正好的 刚才给了那个泰国人了⋯⋯好

尴尬 >< 当时我想把硬币退出来 正在考虑退币口能否一下子吐出那么多硬币的时候 后面的一个澳大利亚女生递给我一枚硬币 买了票 我说谢谢 我给了她一个橘子

等车的时候 我吃了剩下的那个橘子 我到澳大利亚以后吃的第一个橘子

【朋友。好吃的。】

我发现 小学 初中 高中 大学 每个时段 都会出现一个我的最佳损友 或者应该说 在每一个时段里 我都会选出一个人 细心培养 做我的伙伴 小学的鸣 初中的旭 高中的L和大学的欧文 一直觉得自己对语言的控制很差 有的时候会一天又一天的没有什么话 朋友聊天的时候 也只是傻笑 嗯嗯地点头 有的时候语言却多得让人烦躁 不过和这些人一起的时候 怎样都不会尴尬 即使有喜欢的女生出现 也不会冷场 在大连的时候 我和欧文都喜欢吃闷子 新马特对面的小店 每逢路过必然要吃 喜欢炒得焦一些的 会很龟毛地说 我要那一块 还有那一块 有的时候 我们打完网球之后去 大外附近吃米线 两个人都满头是汗 欧文放很多辣椒 我放很多陈醋 师父说 我平时说话大连味不是很重 不过只要和欧文一起 大连口音简直嗷嗷的! 师父说大连话不好听 我倒觉得蛮有爱 有的时候 欧文会特意和我说普通话 我就上去推他脑袋说 你脑有病啊! 大连话里假正经 就是装灯 管同桌叫 老对 管交通堵塞叫 压车 真爽就是 些受 很甜很苦很咸很酸 分别是西甜巴苦侯咸和焦酸

之前在一个留学论坛里 看到一个男生写出国以后最大的收获 分别是 朋友 独立 和勤劳 觉得挺有感触的

外国人都很喜欢拥抱 见面总是 how are you 什么事情 都喜欢 no worries 男生都喜欢喝酒 女

生就听到音乐 就会跟着扭动

刚来的时候 大家有的叫我 安东尼 有的叫 东尼 有的叫安森 那个意大利男生叫我 安东

后来 玩橄榄球的高滋 和思高看了我的申请表 知道我叫亮 他们见面的时候 就尝试叫我中文名字 亮他们叫不出来 于是就成了 狼 后边他们还喜欢加一个 啊

然后 见面的时候 就很大声的来一句 狼啊！ 接着上来拥抱 > <

学生村里的同学 都会彼此照顾 没考驾照的我 就买了车 不过我只有L牌 必须和一个有full牌的人一起学 或者去驾驶学校学 驾驶学校每小时需要50刀 相当于三百多人民币……学了几堂课我就觉得 太贵了 然后和学生村里的同学说 结果周一 和爱慕软 都有 full牌执照 后来他们就教我开车 周一很谨慎 有的时候他送我打工 我说我来开 然后他会很认真地思考说 还是算了 现在是高峰期

自从有车以后 我就懒得骑自行车 山上山下的 一般都是同学来 接送 有一次是 晚上的班 前

一天晚上 爱慕软不在 我问周一说 你能送我么 周一说 他明天去city看同学 我说 哦 这样我自己开去好了 他说 别! 然后 那天晚上睡觉以前 有人敲门 我开门一看 是周一 他很认真地看着我说明天你要骑车去 千万别自己开车 我说 好 好 no worries

爱慕软 很会教 我觉得比我的驾驶老师还好 什么 3 point turn 或者 return park 他说 我喜欢你开车时候 转弯的感觉 不过你的缺点就是开得太快了 你这样去考试 肯定不行 有的时候我开车开着开着就走神了 他就在车上大喊 oh no! 他说 你要是撞到别的人 我会打开门就跑 然后我就笑 还有一次 我和周一学车的后一天 和他开车 我们练车的那个山坡有个 路灯倒了 他非说是我昨天撞的

因为 语言的问题 闹了很多笑话 在庄园做饭 有天有人预定80多人的婚礼 厨师说今天有一个vegan 我第一次听到这个词 问他是什么意思 厨师说 就是比vegetarian还素 连黄油都不吃 然后我就到一边做三明治了 做完三明治 我跑去问大厨 给那个 vegan做什么 然后wegan的读音我忘记了 我说成了 vergan 大厨当然听不懂 他歪着脑袋问 emm? 然后我开始拣嘴边顺口 大声说 virgin（处女…… --! 当时我自己没反应过来）然后大厨一下子 明白了 他说 我不确定 那个vegan是不是 处女啊 我orz……另外一次 我打工之后 爱慕软来接我 他问 你晚上要不要去看 贾斯汀唱歌 因为 最近报纸 和电台都在说 Justin Timberlake来墨尔本开演唱会的事情 所以我就以为是他 我问 爱慕软 在哪里 他说就在我们学校的pub 是学校组织的 免费入场 因为贾斯汀的新专辑FutureSex/LoveSounds我很喜欢 所以我很激动就答应了 晚上我们开车去学校 在车里 因为刚来的中国小学妹不知道状况 我就给她解释说 我们去看贾斯汀的表演 她不认识贾斯汀 我就说 他得过格莱美 她不知道格莱美 我就说反正很红 她问 那为什么到我们学校来唱歌 我说 这个我也不清

楚 可能是那种 校园演出之类的……她终于理解了 然后开始点头 后来我们到了学校 去了pub 我一看不到100人 这架势也不像有超级明星来的样子啊 我跑去问 爱慕软 是不是 贾斯汀来唱歌 他说 你说哪个贾斯汀 我说就是那个超级明星啊 他一下明白了 然后他说 是我们hall里那个学音乐的justin 今天在这里表演 他笑到不行 他说他忍不住了 必须要去找个人告诉 当时我觉得很……哎呀 要怎么和小学妹解释呢……不过后来 还是没解释 我觉得她仍然不在状况 也可能她明白了 不想揭穿我 ^_^

【家。房间。归属感】

在大连的时候 我们不断搬家 换房子 尽管都是在 一个区内 可是 每次搬家以后我都觉得自己失去了点什么 搬了这么多次以后 也说不上来 到底哪个家自己更喜欢了 觉得感情的部分 已经很难和建筑 水泥 墙彼此认同 对于家的感觉 只剩下 父母与我而已 最后一次搬家 的时候 我还在

国外 妈妈上来问我说 房间要涂什么颜色 我说浅蓝或者绿都行 她说 那就绿色 绿色对男生身体好 我说 我房间你不用太在意 弄个双人床 做个衣柜 就可以了 反正以后我也要搬出去住的 可能是妈妈 打字慢的原因 很久以后 她回消息说 把你房间布置舒适点 你会更愿意回来 那一瞬间 我一下子明白 妈妈爸爸之前说 支持我留在澳大利亚什么的 哪有那么坚定啊 我说 那就按你的想法布置吧 妈妈发来个 笑脸

我的家 一直在铁路附近 没有觉得吵 每次坐火车去别的城市的时候 都能路过家门口 觉得很好 大学在沈阳读的 每次 妈妈都会在 窗前看着我坐的那列火车 我能看到她 她看不到我

刚来澳洲的时候 和同学们一起租的 house 下边是厨房和厅 楼上三个房间 后院有一棵树 春天的时候 开一树的白花 觉得可能是 梨树或者苹果树 花落了之后 就长出了小的果实 早上下来烤土司的时候 会到后院用给它浇点水 有一天 浇水的时候 开始和它讲话 说了几句 我觉得很尴尬 后来某日浇水的时候 发现 小果子掉了一地 所以到底是什么树 也不得而知了

后来 我们酒店管理专业的课程 搬到 sunbury 我就离开了同学 独自搬家到了二区 住在山上的 student hall 房间很小 大概15平方米 一张床 书柜连着桌子 一个衣柜在门后 因为在山顶的原因窗外的视野很开阔 二分之一的天 二分之一的葡萄酒院 远处的公路和山 因为在 机场附近 空中每每有不同颜色的 客机飞过

山上有很多动物 早上跑步的话 能看到很大只的成群袋鼠 学校草地上有很多兔子 也有很多国内只有在 动物园 才能看到的 五颜六色的 鹦鹉 它们叫的很难听

two city one story

　　有的时候 外面下雨 整个山里都 雾蒙蒙的 躺在床上看外面 只有雨水击打窗户的声音 在想什么 我现在也记不清了

　　我从来 没有清楚的定义 自己在赤道以南的概念 可能是 走着走着走的太远了 自己也忽略了空间距离的差异

　　不过 至于那些什么 "我们走的 太远了 已经回不去了" 这样的动情感慨 我也有 何必呢 的感觉

　　和敏聊天的时候 她说 每天上学的时候 坐有轨电车 能看到 大连第二酒厂的一个大灯箱广告 每次看都挺感动的 广告语是

　　我爱大连 从未离开

　　这样

　　>>>l5l-end

Collection

把过去与现在折叠

Written by 林汐
Photo by Stokis Artworks by adam

『 夏天的阳光如盛大的烟火笼罩人间。——Summer 』

春天过后的夏天。

有蝉的鸣叫声，随时会降下暴雨来。如果傍晚时天边的云红红地烧起来明天就会是个好天气。古老枝叶茂密的盘根榕树下的孩子们在玩捉迷藏，也有面容慈祥的老人躺在摇椅上乘凉。

嗯。那是多久以前的……夏天呢。

我在六月出生，那时候的节气是夏至。

我的电脑桌上摆了各种各样的东西以至于摊了整张桌子。吃完巧克力剩下的包装袋，绿茶，卡子，隐形眼睛盒，一摞书。空调呼呼地往外面冒冷气，我穿着长袖的衬衣坐在电脑前面，陈绮贞在音响里面淡淡地唱歌。

这是我2006年的夏天。

或许是2005年的夏天太过于精彩充实以至衬托出今年的倦怠和碌碌无为。

似乎只剩下简单的片段。

把几年的时间从脑中里面放映一遍用不了十分钟。

是零碎的，一小段一小段的。

我想我是不喜欢夏天的，它炎热又浮躁，催动着身体里面一切伤感的情绪。可是我却总是把它挂在嘴边上，我一边讨厌着它一边怀念着它。

所有的开始在夏天，所有的离别在夏天。但那时我对他们说过你好，最后却没有说出再见。会在某个瞬间，某个街口，甚至是某个突如其来的预感里。就这么被熟悉的感觉狠狠刺激到某根神经。

我所有精彩的事都发生在2005年，充满泪水喜悦，诸多情感。然后，一切又湮没在2006年。但这样也好，经历挫折离别也好，我发现自己依然没有半点长进。只想要看到柔软的，

温暖的。容易沉浸在自卑里，想要独立却对感情充满依赖，一直都存在于这样一种胶着而无力的状态。

而这些所有的波动在平时都被好好地掩埋着。

只有在这样潮湿而温润的夜晚里，他们会被一点一点地从心里面拉扯出来，在眼前呈现原本的模样。

缱绻而来。

『 我们把过去和从前折叠过来，是不是就可以再重来。——夏 』

夏天过后是秋天。

有厚厚的叶子，看到的时候会在你的旁边故作伤感一阵。女孩们宁愿穿着单衣在操场上瑟瑟发抖也决不套上臃肿的校服外套。天空湛蓝而高远，像是清澈的湖水。

今立秋，Summer把这句话留在我的BLOG上，底下的日期是8月7日。

我第二天才看到，回过头去看窗外，阳光热烈炙烤，哪里有一点秋天的样子。

在印象中秋天似乎应该过好一阵才会来临，夏天一直这么短暂，他只是在我们的心里无限延长。

一个多月前和Summer见面，因为即兴而回去以前的学校，那时候已经是七月，所有的学生基本都放假了，考试也都已经结束。

一切都是记忆之外的样子，整修了的操场，重新划分场地，有了网球场和排球场。教学楼内外都重新粉刷了，每个教室换了窗户，桌椅也全部换掉。

我和Summer站在空旷的教室里面没有说话。还是从前三年三班的那个教室。我们在这里面开心过难过过，流过眼泪吵过架。也曾经站起来磕磕绊绊地朗读英语课文，因为

在物理课上说话而被叫起来罚站。这些都在这里发生，可是为什么，我就是与这个房间连接不起来呢。

那张我刻过字的桌子哪里去了，上面那个模糊而又真挚的秘密会被谁看到呢。墙壁白得刺眼，一切被掩盖销毁，再也找不到凭据。

整个空间都是失掉了声音，寂静的风穿堂而过。

一起去学校以前的那个实在不能算是食堂的地方吃饭。坐在简易的棚子里面，老板在煮米线，桌子很油，空气闷热。抬头就可以从屋角的缝隙中看到一小片灰色的天空，没有风，树梢停顿而僵硬。

似乎只有这个地方没有变，连卖刨冰的都是从前的那个人。

Summer说既然离开了，再回来时就不应该有期望的。我低下头吃喝汤，抬起头时我说其实只要不回来我就可以不怀念也不想念。

但我想，其实我是想念他们的，那些曾经与我相关的所有人，即使是无关痛痒面目模糊的临班女生。也包括那间我恨得咬牙切齿的印卷室。

那时候的阳光是否如同小说中描述的盛大又美好呢，我们的笑容又是怎么样的快乐幸福，是不是每天都富有生气呢。

不对，事实上完全不是这个样子的。

事实上，那三年对于我来讲是阴雨连连。刚进学校的时候就和班主任发生冲突，而后的一整个学期基本和年级的哪个老师都相处不好。老师掌握了家里的电话和地址，随时准备请家长来到学校或者去家访。在那时我把这些举动认定是她对我的报复，并且在私下用过恶毒语言诅咒过她。

初中二年级上学忘带书包，成为一个学期的笑话。

初中三年级的时候因为旷课达到一个学校前所未有的高度而差点被处分。那时候我的座位已经被安排在最后一位。老师完全无可奈何，已经不管我。

所有明亮的美好的我都没有记住，但这样狼狈的在别人眼中无可救药的自己却深深的印在心底了。

当时就这么被平凡度过的日子，在被我一边回忆着一边写出的时候，慢慢退掉了暗哑的黑白，在某个角落渐渐次鲜活起来。

那些曾经亘固在心里面的如同刺一样的东西，都被过滤掉，即使我记得着那时让我觉得艰难和孤独的事情，我也不觉得难过了。他们在我心里面当真变成了小说里面那样甜美的记忆。

被怀着感恩的心情想起来。

如果把青春隐去不说，我们还有什么好凭吊。

我们一直感觉紧迫却没有预见是这么的迅速，许多事都还没有做，什么还来不及，时光就已经过去了。在我们的唏嘘感叹中，在低头皓首间，在一年又一年连接的缝隙里。

高草还是茂盛地生长，年年如是。

那首我们一起唱过的歌你还记得么，那些旋律曾经不经意间从你的唇齿间泄露出来过么？

如果你看到了这些话，会不会还是像从前那样明明难过得要死却倔强地拉出笑容来呢。

那条长长的巷子里留下了多少遗失的记忆。

温柔沉静却没有一颗星星的天空包容了多少人死去的愿望。

学校里面的那棵杨树听到了多少当初男孩女孩许下的誓言。

又还有谁会对我说起那些层层叠叠的比忘川还要远的记忆。

如果还能够看到那些笑容盛放的孩子们该有多好。

可是我转过身只看到那些被风卷起的沙尘。

『嗯？你说要是陌生了怎么办？呃，那么重新再来相识不就好了么。——未名人』

秋天过去是冬天。

商店贴上了Merry Christmas的字样，最好再下一场雪，能够闻到干净清冷的味道。屋子里面是暖和的，可是穿着单衣走来走去，围绕在桌子旁边吃热气腾腾的火锅。

电影里面的男孩在毕业的时候送给了女孩靠近心脏的制服的第二颗扣子。

在某个午后，一个女孩站在学校对面的贩卖机前，翻遍了口袋却发现少了一枚硬币。然后旁边那个少年的嘴唇轻轻开合，她转过头去，少年向她轻轻摊开了手掌，掌心里面的硬币在阳光下闪烁耀眼的光芒。

她拿过那硬币，用手心包裹到温热。

很久以后，当她看到电影里面的那个男孩向女孩摊出的手掌时。她蓦然回想起那个遥远的午后，发现那枚硬币真的是像极了毕业典礼上的那枚扣子。

她看到这里迅速拿起遥控按下来停止键，屏幕瞬间停顿，几秒钟后恢复初始画面。

像是一脚陷入回忆里。关于两个人的。湛蓝的天空，透明空气，一切美好如初。没有伤害没有难过没有离别。他还是像那时候一样干净地对她微笑，眼睛里面有斑驳光影。

可是她一直都知道，回忆之所以叫做回忆，是因为已经过去了。

她不想要透露他的名字。这么久，一直，那个名字都被她藏着，就像是那枚硬币一样怀揣着。在她艰难的时候重复着。感情很深很深，却又很脆弱。

她曾经对他说起过摩天轮来，那时候他转过头来很认真地说，你很喜欢。

她用力地点头，是啊是啊，感觉……嗯……很好呢。

于是他就微笑了，用手托住下巴，那么……有时间一起去坐吧。

她的生日是在夏至。而他的正好是霜降。

她的座位在第二排，他却因为个子太高坐在最后一排。

她在班里面一直兴风作浪，而他却只会安静地微笑。

而他们，最终还是没能去坐摩天轮。

时间没有给她机会。

——如果有一天我们陌生了怎么办。那是第一次对他说出这样的话，她因为紧张而绷紧了肩膀。

他愣了一下，又舒展出笑容来——那么重新再来相识不就好了。

他们站在操场上，他的声音在她的脑中无限延长，反复回放。消失了一切嘈杂的声音，灰色的墙壁成为了见证者。她慢慢放松了肩膀。

她从来没有奢望这句话是不是会实现，但那个时候是的确被这样一句话而轻易地感动了。

她又看到那个女孩，站在自动贩卖机前，头顶上是盛放的阳光。

她犹豫了很久，手心已经有些湿热。

终于把那枚硬币投了进去，有掉落碰撞的声音。

最后"叮"的一声。

——回忆结束。

『 你从我身边路过，留下光影遍地。——阿紫 』

冬天过后是春天。

学校里面的樱花树，风一吹花瓣飘洒得就像是落了一场雨。充满蓬勃鲜绿的气息，即使什么都不做也能够感到扑面而来的幸福感。春天一直就是这样让人感到希望的季节吧。

陈绮贞还在唱歌，她唱，自从那一天起我自己做决定，自从那一天起不接受谁的邀请。

我和阿紫在MSN上百无聊赖地说话，并且要忍受她半个小时断一次线的痛苦。

她在临下线时不厌其烦地叮嘱，要多睡觉，少开空调，对你身体不好。我似乎一直这样受身边的人的照顾。也有朋友对我说，我遇到很好的一群人，对我一直包容爱护。

阿紫曾经说你要是离开了这里，我假期去照顾你。

不得不说的，当时真的因为这句话而感动了，一点也不浮华不矫情的话。虽然那时候我在电话里面狠狠地嘲笑了她，说你总是想这些有的没的。

那时候阿紫笑着骂回来，说你懂什么，我是为你着想。

即使平时遇到再多的人，让生活过得吵吵闹闹。但真正存在于心底那一块潮湿境地的又有几个，能够让你在难过时第一个想起的就是他们，而快乐往往很多时候要跟一些并不不相干的人分享。

像是过了很多年，时光飞一般地过去，我在偶尔的时候，当遇到某个场景觉得似曾相识的时候，就会在脑中把时间倒回去，省略那些难过的悲伤的，留下最幸福最纯白的

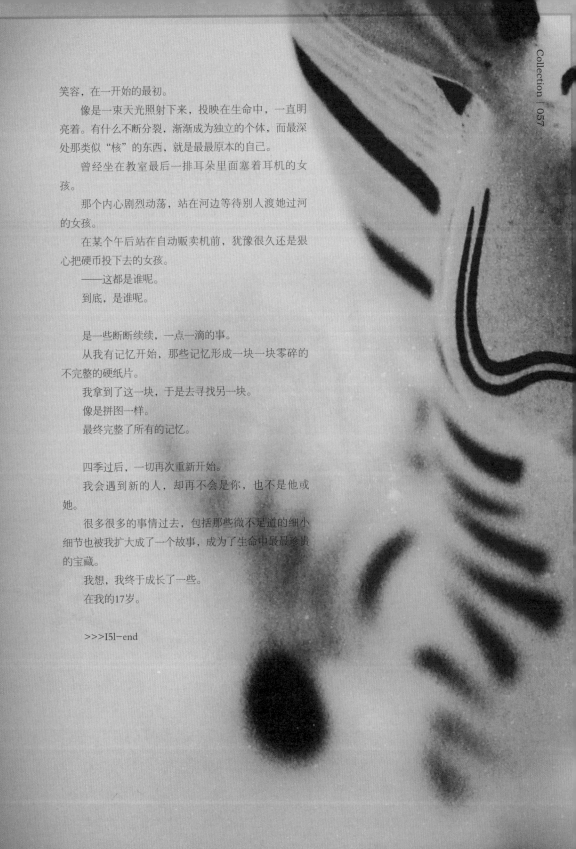

笑容，在一开始的最初。

像是一束天光照射下来，投映在生命中，一直明亮着。有什么不断分裂，渐渐成为独立的个体，而最深处那类似"核"的东西，就是最最原本的自己。

曾经坐在教室最后一排耳朵里面塞着耳机的女孩。

那个内心剧烈动荡，站在河边等待别人渡她过河的女孩。

在某个午后站在自动贩卖机前，犹豫很久还是狠心把硬币投下去的女孩。

——这都是谁呢。

到底，是谁呢。

是一些断断续续，一点一滴的事。

从我有记忆开始，那些记忆形成一块一块零碎的不完整的硬纸片。

我拿到了这一块，于是去寻找另一块。

像是拼图一样。

最终完整了所有的记忆。

四季过后，一切再次重新开始。

我会遇到新的人，却再不会是你，也不是他或她。

很多很多的事情过去，包括那些微不足道的细小细节也被我扩大成了一个故事，成为了生命中最珍贵的宝藏。

我想，我终于成长了一些。

在我的17岁。

>>>l5l-end

Written by 喵喵
Photo by Zebra Artworks by adam 花梦浮言纪

终于还是错过了正常的起床时间。

许佳在梦中无比英勇地喊着"我是冤枉的你们凭什么烧死我"，左一拳右一腿踢翻了两个拿着火把的小兵，一个跟头翻到地面上，热得满头大汗。双眼现在已经微微张开了，还好我身手够敏捷……三十秒的意犹未尽时间，迅速翻身起床，转眼弄得厕所噼里啪啦不安宁。

太阳都晒屁股了啊！我说怎么那么热……

迟到也不是一次两次了。迟到也就等于一段400米的中长跑坐上连针都插不进去的公交车加上五层楼的抬腿运动加上五分钟左右的左顾右盼探头探脑，最后再补充两个星期放学后的扫除。也就等于锻炼身体了啦，许佳自我安慰着，又愤愤地对着公交站牌的柱子踹了一脚，我这学期值日的次数早就比劳动委员多了吧。

"你今天又迟到。"第一节课刚下课班长就笑嘻嘻地边收作业本边对许佳说道，"有你在以后小组值日可以取消了，造福人民啊……"

"嘿，我差点儿在梦里就牺牲了。"许佳丢过本子再没搭理他，继续眉飞色舞地跟同桌比画着。

"变成蜘蛛侠了么？"

"那是上个星期五的梦了好不好……"

"昨天你还说和周星驰一起吃饭，不是一样没吃饱就醒了。"

"我还梦见过和朱茵一起洗澡呢。"

"结果身材没她好活活被气醒了吧，哈哈哈……"

"你滚。"

"昨天到底怎么着就要牺牲了啊？"

"懒得跟你说。"

许佳突然就闹了脾气，不想再说话了。早晨刷牙的时候发现鼻子上又长了一颗无比刺眼的痘痘，愣愣地杵在那，活活顶起了一块红彤彤的皮。顿时觉得自己丑得没有颜面见人，索性拿了块创可贴撕开粘上，活像被人一拳打得流了鼻血，滑稽分分的。临出门前又照了一下镜子，又恼怒地揭掉，却发现已经捂破皮了，大大的白头扬在外面，轻轻一捏喷了出来，顿时血流成河。

什么都不用说便已经觉得丢人的很。于是很容易地被惹怒，关于自己做的一些乱七八糟的梦，许多都是夸张且有些难以启齿的，早晨起床却总是心痒痒的，到了学校就奋不顾身地说给同桌听，什么大战怪兽死里逃生之类，再或者与某某明星约会，早已经把同桌的耳朵磨出了泡。嘴皮纵然是比耳膜厚一些的，于是许佳继续乐此不疲，而被打击也是司空见惯。拿笔去做刚发下来的试卷，注意力却总集中不起来，软趴趴地伏在桌子上张开双手像只乌贼，一不小心又睡过去了。

"许佳佳你看你的口水！你还是个女人吗你……"十几分钟后同桌开始抓狂。

"梦见吃大餐了？"后排的男生探个脑袋过来。

"梦见和你接吻都不是什么稀奇的事儿。"同桌气鼓鼓地用面纸擦着桌子。

"这个……"男生顿觉尴尬，脸红得像番薯不知道往哪塞，讪讪地缩回脑袋去，不一会却又探回来小声问道，"难道真的有过？"

"你从楼上跳下去算了……"

许佳被同桌近乎癫狂地晃醒之后抹抹嘴巴，一声不吭地摸出卷子来做了，做完数学做物理，做完物理做英语，做完英语做语文。于是也就做到天黑了。高三的生活总是如此，不要指望能从黑白交加的试卷中被解救出来，若是有人拼死了非要弄上一本刚出炉的漫画书来看，那也是深深地埋在白纸之下，几个小时才能见一回天日的。许佳这么疯狂的学习状态同桌也不觉奇怪，自己的笔也在不敢怠慢地动着，偶尔停下喝水的时候扭头看看，却觉得许佳今日皮肤特别好，白里透红的，忍不住伸手去碰碰，还有一些烫的。同桌不以为意，许佳却自顾自地不好意思了起来，咧嘴对着文具盒笑了半天，羞涩的表情一副少女怀春的模样。

"还陶醉着哪？"同桌打趣道。

"嗯。"许佳又笑。

"神经病。"

"我梦见和工藤新一……"

"啊？"

"骗你的。"

我大概是有些神经错乱。许佳一边拖着地一边看着玻璃窗里自己的影子。短短的。不够高也不够瘦。五官模糊不清。这玻璃一定是坏掉了。看教室里已没人，便恨恨地甩了拖把跑出门去，却与拎水回来的男生撞了个满怀，乒乒砰砰一阵响动之后，猛然发现两个人的裤子全湿了，遂羞愧地又奔回教室，那男生一瘸一拐地拎着破水桶跟在后面，不愠也不火地洒着剩下不多的水。

"你……"许佳原本要责问，又觉悟刚才分明是自己先撞了人家，顿时语塞，又不甘心就这么僵着显得很没出息，脸红红白白地憋了半天，却问："你怎么总值日？"

"你不也是。"那人倒笑开了来，放下手里的水桶。

一时语塞，便狡辩道："我家住得远。"

"这个，"男生笑道，"我路过你家时也看得到你几点出门的……"

"我……"刚张开口，忽然门前一人影闪过，接着就听到下楼的脚步声。

"我先走了。"许佳迅速地收好书包飞奔出去，下楼，进车库，拿钥匙，推车。却再没看见那个人影。还是慢了一步啊。分明早晨梦见了桃花，假的嘛，一点不走运。

疲惫。沮丧。懊恼。烦躁。

回家的路并不十分长，耳朵里又塞着耳机，还是经不起许佳的目光左右搜索，白白漏掉了好听的音乐。

他果然已经到家了。

房间的灯刚刚被点亮。

不知道有没有许多的作业要做啊。

再想想自己还是觉得头大，成堆的练习没完成，今晚怕是要熬夜了，还有心思顾着别人。

远远的看去长排的路灯好像荡起来的秋千，车子一歪便开始摆动。

最远的地方是模糊的。什么也看不清楚。

其实许佳就是个彻头彻尾的非现实主义者，纵然在她不知可有拳头大小的脑袋瓜里不知出现了多少个千奇百怪的梦，她有时候还近乎顽固地觉得它们有可能会变成真的。至于同桌所说，多梦关乎于神经衰弱之类，统统摆一边不去管它。人们总是会从频繁发生的事物中寻找规律以备其用，于是在看完《死神来了》连续一个星期的梦见被人追杀之后，许佳竟然还学会了遇到危险就睁眼睛这一招数，从此再遇到有人拿着刀子砍过来，或是有血淋淋的骷髅拉着她的手说"我带你去地狱"，便死命地撑开眼皮；于是光芒一闪，一片黑暗。

摸摸左边，是墙。摸摸右边，是毛毛兔。

有的时候梦得深了，却也是张不开眼睛的；张几次，不过是换了几个虚幻的场景，继续厮杀。

无论如何回到现实中便不再害怕。只是觉得奇怪，梦里怎会知道是在做梦。

第二天破天荒地踩着铃声进了教室。课前闹哄哄的壮观景象许佳还真是没见过几回，坐在位子上也不掏书，听着同桌转述今天的焦点话题。23号要模考了哦。奇怪，这不才刚开学没多久嘛。许佳咕哝了一句，惹来同桌一阵数落。

"许佳佳你也不看看你现在穿多少衣服。就差没把背带棉裤套上了，开你哪门子的学啊，十二月份快立冬了好不好。"同桌伸手就把许佳外套扣子开了，一阵凉风灌进去，冻得许佳一哆嗦。

"怪不得今早圣诞老人来叫我起床……"

"日期都搞不清楚的人，你还真是梦得够时尚……那你起床后发现袜子被塞满了不？"同桌揶揄地笑道，许佳怪异地看了她一眼，没说话，却显得心事重重。

"切，玩神秘。"当下谁也不睬谁，交了作业做试卷。课间站起来伸伸懒腰，打个哈欠，再互相捶几拳，例行公事一般，坐下继续演算。觉得困倦的时候趴下去，却不能安心入睡，一闭眼就感觉圣诞老人站在面前，恐怖得翘着和自己一样的大红鼻头，粗气喘喘的，吓死人了。好在下午一节稀有的体育课。许佳想，不然这一个星期可都要被闷死咯。

体育课是两个班一起上的，男女分开，活动也方便自如，学校惟恐许佳这类女生死顾忌形象而不愿在男生面前穿土巴巴的运动装，鸭子一样摇晃着双腿跑步，才出此下策，却又令许佳抱怨。是人都说男生运动的时候最迷人，这些迷人的个体就这么活生生地被挡在篮球场的铁栏杆里边儿了。近日天气也是不好，已近冬至，本该天干少雨，今日却湿得离奇，太阳躲没了，大片大片的雾气弥漫在操场。视线更是模糊不清。

"你看草丛里有什么？""许佳拉着同桌问。

"野兔么？"同桌很兴奋。

"鬼来的野兔，你眼花了吧。"

"眼不花也看不见。你看见了？"

"看见什么？"

"不知道还问我！"

"不知道才问你那……"

"滚，当你看见鬼。"同桌气急败坏地跑走。

许佳却突然看见了他。昨晚没追上的那个男生，从教学楼里出来，跑过草丛，穿过女生队伍进了篮球场。反正你不认得我。认得也不一定看得清。于是许佳倒也自在，脸不红心不跳地一直盯着人家，脚丫子还在地上颠啊颠的，样子特痞。谁能料到那人突然看过来，还灿烂地一笑？慌忙看周围，连同桌都已跑远，许佳顿时陷入恐惧之中，感觉身下就是片沼泽地，随时等她陷下去。

怪异的现象不止于此。接下来的连续几天里，无论是值日与否，许佳都能在车库遇见他。两人的自行车总距离不远。竟然有一次因为下雨而去坐了汽车也未能幸免。毛骨悚然。原本想要亲近的人却一下子好像自己贴了上来，不然，天下哪会有那么巧的事情啊。想着别的，耳边却浮起了梦里的一句话。

[你想要的爱情，我给你。但是需要交换。]

怎么可能是真的啦。我还没迷信到这种地步，你也不过是个棉花做的圣诞老人而已，竟然阿拉丁灯神一样就开口说话。

天气越来越凉，黄昏提前，天空黑起来便雾时伸手不见五指。

"模考是什么时候？"同桌竟然也开始糊涂于一些小事情。

"上次你好像说是23和24号吧。"许佳摇了摇脑袋答道。

"24号可是圣诞节哎……真是令人忧郁啊。"

"把考试当礼物好了。"许佳一听到圣诞节背后又开始冒凉气，想快些结束这段对话。

"话说回来……你想要什么？"同桌却更关心地问道，"我可以替你装只小短袜。"

"想吓死我呀，这么肉麻地说话。"

"这也能吓到你？"同桌很不满，"不要拉倒。"

[拿友情来换，换么。]那个光头大红鼻头满脸褶皱的圣诞老人又开始逼近了，长胡子就快要飘到许佳的脸上。不知如何应对。

做了那个梦以后，许佳觉得自己的生活变得比她自己还要神经质起来。自从那个圣诞老人把她叫起了床，以前想要的东西渐渐地全都被自己握在手中。同桌每天都会主动问她，昨晚梦见什么好玩的事情了啊。前段时间看中的一件满多钱的外套，一向小气的妈妈竟然也给买来放在她的床上。早晨再没迟到过。鼻头上的痘痘渐渐消肿，褪了一层皮，反而比以前光洁许多。考前该做的试卷也进行得非常顺利，对着标准答案改完，剩不了几个叉叉。

而隔壁班那个男生，渐渐地好像跟许佳熟络了起来，见面点头打个招呼，放学一起骑车回家也是常事。

唯一奇怪的是，夜里好像都不再做奇怪

的梦了，即使梦到自己也完全不记得。老老实实的瞬间睡到天亮，同桌问起时，又好像不愿承认自己失去了做梦的能力，只能瞎编乱造一通。

假的假的假的。拼命对自己灌输。

我自己努力得来的。不关那个梦的事。

可也没理由记得那么清楚吧。当天已经差不多遗忘的梦境，却在以后的一段时间里一个片段一个片段地被提起；那个可恶的圣诞老人说的话，怎么就越来越深的刻在脑子里。

[换么。要么换成绩。]

[要么，换漂亮的外表。]

[要么，换其他你想要的东西。]

这个没戴帽子的丑陋的圣诞老人最后跳到了她的床上，低低地说，但是，挑不对的话，你会失去所有的一切……

假的。假的。假的。

我以前梦见的东西太多啦，对不对。妖魔鬼怪把我抓走拆成两半吃了也好几次了。自己杀人放火越狱亡命天涯也是很频繁的么。还有梦见喜欢的男生啊，虽看不清楚他的脸，却笃定地觉得就是很喜欢的，这个也梦了又梦。还不是一个都没有实现。

"你最近好深沉哦。"同桌放下笔揉揉眼睛说道。

"唉……头大得很。"

"头大聪明。快做题吧，别发呆拉。还有两天就考试了呢。"

"我前些天梦见……"许佳犹豫了一下要不要说。

"什么？"同桌兴趣很大。

"梦见……我是蜘蛛侠的女朋友，而蜘蛛侠是反町隆史。"突然就压住了口风。

导致同桌立刻石化。

又一个课间，许佳憋不住还是问了同桌。

"爱情，友情，成绩，外表，身体，你选哪一个？"

"当然都要了……"

"只给挑一个呢？"许佳追问。

同桌大手一挥，"现在不要跟我提与考试无关的东西。"

"爱情，友情，成绩，外表，身体，你选哪一个？"

值日的时候，许佳又问那个上次被泼到水的男生。

"我能选几个？"男生倒是直截了当。

"你想选几个？"许佳反问。

"那选一个好了，外表。"

"你还真无聊哎。"许佳不屑得直摆手，真是个肤浅的男生。

"你不问我原因？"

"没兴趣。"

"爱情，友情，成绩，外表，身体，你选哪一个？"

回家的时候，许佳终于又忍不住问了隔壁班的那个男生。

"我说我选爱情，你相信吗。"

许佳无语，脸上发起了烧，顿时轻松，暂且就把他说的爱情当作包括自己在内的一部分，小小的沾沾自喜以后，也决定就豁出去抛弃其他只要爱情了。

终于安宁。不再惧怕圣诞的到来。

男生到家后，许佳又在楼下徜徉了一阵子，停下自行车，掰掰手指算了算，还有4天就到圣诞了呢。倘若自己真的选择了爱情这种

貌似违背天意的东西，是不是真的会失去那么多呢。再或者，圣诞老人只是吓吓自己，考验一下对这男生的暗恋究竟有几分热度，若是鼓足了勇气，偏偏就让他中了箭也是不一定。

自己这么想着还傻傻地点了点脑袋，再去看那些路灯，刹那间也就清楚了，盏盏分明。

事情果然也如预期般发展。

不知是不是因为这个想法的坚定，第二天许佳就收到了貌似爱情的讯号。那封信上说，圣诞夜，想和你一起吃饭。考试结束校门口见。哈，没有署名也知道是谁。许佳雀跃不已，试卷开始做不进去，托着腮发了一上午加一下午的呆，想着那天应该如何打扮得稍微可以见人，如何快速地答完试卷冲出考场。

"你不要去。"同桌一本正经地说，"万一不是什么好人。"

"要去。"许佳不屑。

"不要去，你都不知道他是谁。"

"我知道。所以要去。"许佳坚持。

"那要么我陪你去。"同桌做了让步。

"我约会我干吗要去做电灯泡啊。"

"去了就再不理你。"

许佳一惊，果然如梦里所说，只能挑其一。深厚友情，不堪一击。

却又想着他既已为我做了选择，我又怎能随便放弃？

"你再这样，试都会考不好的。"同桌丢下一句话，收拾书包走了。

果真这样，那算已丢了两样。

实际上23号的考试还算顺利。

24号许佳却又离奇地迟到了。醒来不记得自己梦见过什么，而闹钟分明已经过了考试时间半小时。考场已禁止进入。

真的是两样。

不知鼻子上的青春痘再次勃发起来，算不算丢了第三样。

睡觉着凉感冒咳嗽，算不算丢了第四样。

于是想什么便是什么，该发生的不该发生的，全都定了格。唯一有希望的，便是当初选择的爱情，又有些觉得自己选错了。不过是个小小的不起眼的丑巴巴的高中生，懂什么爱情，许佳坐在考场外面数着手指，忽然觉得自己一无是处。

却依然对那个自己选择了的也可能是仅存的东西抱着些许希望。既已真的要我放弃那么多，总该给一个圆满的结局让我不至于悬梁自尽吧。许佳这么想着，随着终场的铃声走向校门口。

果然远远地看见那个他就在阶梯上站着，双手插袋，不时回头向校园里张望一番，面色看上去是有些忐忑和焦急的。

于是许佳一个人就自顾自地紧张了起来。一边是无比地想要去珍惜这次约会，恨不得立刻就扑到那男生的怀里去，另一边却又厌烦自己糟糕的容貌和打扮，怕一见面鼻子上的大包包就让他心生厌恶，此后便是表现再出色也怕不能让他回心转意。

就这么踌躇着踱到那男生的面前。涩涩地打了声招呼，随即无话可说。偏偏他好心地问，考得如何？不知怎么解释连考场都没进去这般屈辱，一时红了脸，却又很大胆地叉开话题。

"今天要去哪里吃饭？"

男生表情有些诧异，犹豫着问了一个问题："你会接受陌生人的邀请吗？"

许佳看着他紧张的表情突然觉得好笑，便说："我们不是早就认识了吗？"

"可是"，男生怯怯地说，"她并不像你啊，她不知道我是谁啊。"

"嗯？"

刹时间脑筋就糊涂掉了。眼前的场景也跟着糊涂掉了。

觉得世界晃啊晃的。

明明已经了解事实就是自己自做多情了却又极其不甘心地问了一句，怎知会惹来更大的羞辱。

"你说的她……那是谁啊？"

"你不认识的啦。"男生的表情突然又变得充满憧憬，眉毛挑动着兴奋不已，"我想她大概会来的噢？"

"大概吧。"

许佳转过身去眼泪就掉了下来。其实心里也满平静地，不知为何却有强烈的窒息感觉。胸口好像被人重重地捶了一拳，压得血气拼命上涌，哗啦啦泪水很快铺了一脸。此时也顾不得在校门口那么多人，也听不到那男生还在后面说什么什么，死命用脚底磨着泥土的地面，妄想瞬间磨出一个坑来自己钻进去。

谁想到这个时候有人和自己打招呼，还不如一头撞死算了。

"你怎么了？"男生温和的声音。竟还盼望着是他，抬起头来，泪眼朦胧中却看到那个整天和自己一起值日的脸。更觉恼怒，便不睬他。

"谁欺负你？"男生却不识相地继续问到。

许佳没好气地冲他："要你管！"

男生吃了枪子儿，气势顿时怯了几分，却仍固执地站在一旁。许佳低头边哭边用余光去瞄他的脚，怎么还在，怎么总是不走。终于自己哭累了，也看烦了那双脏脏的帆布鞋，擦擦眼泪抬头去凶他，你还不走想在这看笑话啊！

他见她不哭了，便也笑了起来，说道："哭完了么？请你吃饭好不好？"

"才不要你请！"

偏偏又被提起伤心事，许佳一怒之下照着他膝盖踹了一脚，跑了。

该死的圣诞老人。该死的圣诞节。

心情纠结得好想找一个什么东西踹到地底下去。

于是跑去学校隔壁的玩具店买了一只毛茸茸的圣诞老人公仔飞速回了家。这个时候管它公仔有多可爱在她眼里也不过是一个长胡子烂鼻头凶巴巴还妖言惑众的死老头子。

"砰"地甩到地上。

"你敢害我，趴到地上去让我踩！快点儿听见了没！"许佳抬起脚死命的往下踩。

"喂！许佳佳你踩死我了！"同桌一巴掌打在她头上。

"我踩我的公仔关你什么事啊！"许佳还迷迷糊糊地没醒过来。"你又从哪冒出来的？"

"鬼来的公仔……许佳佳同学，你在桌子上睡了一整天，就算有什么公仔也早被你口水给淹死了……"

"你在说什么啊……"

"管不了你那么多，这是今天发的试卷"，同桌把一厚打纸张塞给她，"还有几天就要模考了你就不能认真点儿。"

"不是考完了么？"

"高考都考完了……你就做梦吧。"

做梦啊。那我现在到底是醒了没有，还是又只换了个场景？许佳拿着拖把咕哝着，这到底是哪儿对哪儿呀。

她回忆着那些似有似无发生过的细节，突然又觉得胸口堵着，就是觉得委屈了，就算是个梦吧，伤心却也还没伤完，眼泪差一点儿又流出来。转眼又觉得自己无聊了，倘若真是个梦，啥事儿都没有发生，一个人在这郁闷真是脑子坏掉了。

就这么想着乱着拖把一挥，乒乒砰砰……又是那个委屈的男人，这次只有他一

个湿了。许佳好像突然想起什么，立刻问他："爱情，友情，成绩，外表，身体，你选哪一个？"顿了顿，"我问过你没有？"

"我裤子全湿了……"

"别管，到底问过没有啊。"

"没有啊。"男生觉得莫名其妙，"水很冰哎……"

"好吧，真无趣。"许佳捡起拖把往外走。突然又有了灵感，冲上去摸着他的膝盖问："这里痛不痛？"

男生被弄得窘迫不堪："只是被水泼到膝盖怎么会痛……"

"没有受过其他什么伤？"

"没有啊。"莫名其妙的样子。

"噢。"许佳略有窃喜。

男生却又发话了："连续两天把我浇成这样，请我吃饭吧。我就回答你那个选择题。"

上次是昨天？怎么好像已经是好久以前的事了呢。

原来中间的那些经历也只是对许佳自己发生了作用，就好像钻进了纳尼亚的衣橱，过了一个糟透了的圣诞，回到现实世界却连一天都还没有过去，失去的东西也都还在。许佳如

释重负，原来真的什么都没有发生过。自嘲地咧开了嘴巴，干干地笑了两声，却也突然什么都放下了。自己的暗恋还是就这样，不要在寻求什么成果了吧。爱情真的还敌不过那么多东西的重量呢。

"算了，你不用回答了啦。"她好心地说。

"那……不用你请，我请你吧？"男生的语气有些急。

"没时间哎。"

"等模考结束那天，也就是圣诞节的晚上，好不好？"

许佳突然停住，回头看了看这个脸已经涨红成番茄的男生，猛地放声大笑了出来。

原来梦里写信的人是他啊。

教室门前还是那个熟悉的人影闪过。许佳定定地看着隔壁班的男生迅速拐弯，一如既往地听到他下楼的声音，终于可以完全地肯定这段奇怪的梦境，她和他，果然还是互不相识的。

>>>I5l-end

Written by miki
Photo by Zebra Artworks by adam

1

23点40分。

林小汐觉得自己像只暴躁又神经质的猫，躺在床上浑身燥热得想爬起来砸东西。

"我在陪爸妈看好男儿呢，哈哈。"柯昕短信过来时林小汐正准备起身拿刀子。

看你的去吧，烦着呢。

"烦什么啊，生理期要到了？"

……

林小汐恶狠狠地把刀子切下去，右边那半苹果啪一下摔到地上。老娘我正磨牙呢，别废话。

重新开了电脑，咬着半个苹果，在卡丁车赛道上奋力地扔炸弹，此刻的林小汐只恨不能把地球给拆了。

9点15分。

起不来，起不来，还是起不来……连睁开眼睛都是挣扎，可门铃却响得义无反顾。

冰封沿线

"快开门啊！！！"放在脑袋边的手机震得牙疼。林小汐开门的两秒钟里想着柯昕你绝对有病！

"哟，还真在睡啊，快洗脸刷牙，给你买早点了。"

林小汐木着脸接过塑料袋，然后砰地关了门。动作连贯得还能听见柯昕"点了"的尾音。

"……是两人份的……"

林小汐完全没听见，她在卫生间里叫了一声"靠"。然后冲进卧室翻着柜子地找生理用品。

没了睡意，干脆收拾妥当拉开窗帘对外昭示本小姐已经起床。林小汐打开塑料袋看见两杯牛奶和两个松饼，犹豫了一会，再打开门时对上了柯昕笑着的脸。

暑假的开始是在一个月前，林小汐豪言壮志地宣布要旅行，在去新疆度过一个月的计划被老妈扼杀之后，林小汐将视线转移到周边的小镇。

长这么大了连家旁边都没好好走走，这二十几年不是白过了，于是买了包买了鞋，第一个星期去了离家五十公里的小镇，当天返回。第二个星期去了离家八十公里的小镇，在同学家住了一晚后隔天返回。然后至今窝在家里再也懒得出门。

而这样的懒是具体到连早点也懒得出门去买只喝杯牛奶解决，在家里牛奶被消耗完之后，林小汐开始睡懒觉，睡到老妈下班，起床直接吃午饭。

"最近是不是长胖了？"柯昕说这话时用的是很无所谓的语气，可在林小汐听来却是嘲讽。

柯昕知道，只要林小汐半眯着眼睛看着你，那么就是说你踩了地雷了，而且这颗地雷不是说你赶快缩脚就能避免爆炸的，林小汐可以很冷静地跟你说你已经死了。

"那个……我想起我还有事，先走了啊，你慢慢吃。"柯昕夺门而出的速度快到他放下的牛奶在门关了之后还在杯子里晃荡。

林小汐进卧室，换了件宽松的衣服，对着镜子照半天，确信看不出腰上那小圈——脂肪后才又坐回餐桌，愤愤地吃完松饼。

老妈很久以前评价自己女儿时说，我家小汐是那种精力充沛到无处发泄的人，只有病了才看着像个淑女，脾气又坏，真是不敢相信是我生的。

当时的林小汐听了这话，只说我青春期，荷尔蒙分泌旺盛，然后飘进自己房里。来家里小坐的阿姨和小汐妈妈扯着半边嘴角彼此笑笑，林小汐不看也猜得到她们脑袋上早已布满黑色线条。

可是，现在怎么解释呢？青春期早几年就过完了，这种无处发泄的情绪却仍然缠绕在身体里。

只有三十岁渴望结婚的女人才这样，小汐你是渴望男人了？

很多时候林小汐觉得即使哪天听到柯昕因出言太盛而惨遭毒打也是不奇怪的。什么叫渴望男人！这是对正常少女所说的话吗？

当然不是，所以对你说啊。

林小汐对于自己毫不犹豫地取下星形耳环戳向柯昕手臂的壮举记忆犹新。

暴女！从此一被林小汐虐待柯昕就这么大叫。

2

在林小汐看来，高中同学在毕业后依然彼此联系交往密切不是什么难以估量的概率事件，而柯昕，是绝对没有发展潜力的。

像个孩子一样。林小汐这么对老妈形容这个在中年妇女眼里绝对是好孩子的柯昕。

说没有动过心那是骗人的，正常少女都会憧憬这种带点浪漫色彩的故事，可是内心刚刚燃起的小火焰在一天早晨被浇灭。

那时还是高二，林小汐买了个馒头当早点，进教室坐定后柯昕凑过来嚷嚷着没吃早点。那就一起吃吧，反正馒头也够大。现在想起来林小汐还为当时自己的那点少女漫画般的心情起鸡皮疙瘩。

林小汐把馒头递给柯昕，柯昕掰下一小块给她，自己掰一小块放嘴里。第一嘴，林小汐吃得挺香，还甜蜜了一下。接下来，柯昕熟练地撕下馒头表面那层光滑柔软的皮，再接下来，熟练地放进嘴里。林小汐看着没了皮的馒头，眯起了眼睛。

地球人都知道馒头那层皮最好吃吧，你居然就自己吃了，自私透顶！林小汐后来说起这事时还觉得冒火。用柯昕的话来说就是一失足成千古恨，因为林小汐再也没看着他脸红过。柯昕很沉痛地说那绝对是一个馒头引发的悲哀。

林小汐不觉得自己小题大做，在那之后能够坦然地相处，更觉得柯昕还是没长大的孩子，而自己似乎总是莫名其妙地扮演起姐姐之类的角色。说了重话他不高兴了，要安慰一下，说顺嘴了冒出个提及人家母亲大人的不雅的词语，要道半天歉。林小汐觉得累，而林小汐一累，那么柯昕平时对她再好也枉然了，她仍旧能当着他面砸上自家门，像今天早上一样。

小汐你和阿昕到底是什么关系？老妈终于忍不住了。也对，总看着这么一个长得挺对得起眼球的男生往家里跑，给自己女儿送小东小西的，做妈的不好奇才怪。

就是普通朋友。林小汐盯着电脑屏幕，QQ头像一片乱晃。

普通朋友？我怎么听着这么暧昧啊。

就是普通的男性朋友，没别的，我对他可没意思。

可我看阿昕很喜欢你啊。老妈一边嗑着瓜子一边笑得很诡异。

楼下的卡卡还喜欢老舔我裤脚呢。

林小汐自己也想不起是什么时候开始有了这个习惯，上了QQ就把杜航的资料一直开着，也不管人家在不在线，看网页或者聊天的间隙瞄一眼他的头像，无由地开心。

妈啊，我好像喜欢上我们班某个帅哥了。

笑得像个傻子。老妈毫不客气地说。

林小汐，帮我写篇社会调查报告吧。

为什么是我？在林小汐还这么想着的同时，打出的字却是好啊，写什么内容的。

随便吧。

杜航的头像随即安静下来，林小汐奋力地找资料奋力地写，她想着杜航之所以找她写而不找其他任何人，是因为她特殊吧。

很自恋的想法。

"很热吗？要不要扇子？"老妈疑惑地问。林小汐把红着的脸低了低。

记不清是什么时候听说杜航喜欢自己的，也记不清自己是什么时候开始喜欢看见这个男生，甚至发展到假期开始前喜欢去上课，只因为那些课的老师总是布置讨论的作业，于是林小汐能够看着杜航站在教室前面，读着从网上找来的资料，能够回头和自己小组讨论时让视线从后面那个男生身上飘过。

是开心的，细小的幸福感。林小汐觉得自己也是温柔的女子呢。

3

开学报道那天，林小汐把调查报告递给杜航，从走近到离开，没敢抬头去看男生的眼睛。不是还很狂躁地说能够盯着男生看直到把人家看得脸红吗，林小汐发现自己开始容易脸红。

林小汐你为什么不接我电话！！柯昕气急败坏地大吼。

嚷什么呀，再嚷我把电话挂了！林小汐眉头都没皱一下，只等着对方下一个音节好挂电话。

柯昕却意外地没出声，再说话时声音软了下来。我今天生日……

林小汐在心里闷叫一声。那个……生日快乐。

你以前都不会忘记的！

今天特别忙嘛，不是故意的，回来请你吃饭啊。林小汐右手食指一圈圈绞着电话线，感觉很不自在。

借口！

一大男人委屈什么呀，不就是个生日嘛。林小汐少得可怜的耐心瞬间消耗精光，想着难不成又要我来安慰你啊，老娘我不是你妈啊。

林小汐睡不着，老觉得自己像在梦游，一路晃荡着却撞着柯昕，柯昕说我这么喜欢你。

不是没喜欢过你，喜欢你的时候是真的喜欢，可是，不喜欢时却也真的不喜欢了。林小汐突然觉得自己讨厌，做了残忍的事。柯昕难受的声音还清晰地响在耳边。我有喜欢的人了。是怎么说出这句话的呢，林小汐不知道，而似乎在说出来后，这份喜欢的心情鲜明起来，得到承认般壮大起来。

柯昕你像个孩子。是这么解释的。而柯昕却对于这个不喜欢他的理由接受困难。

林小汐还是哭了，眼泪哗哗的时候手机震动起来。0点12分。

吸血蝙蝠满身鲜血地回来，众蝙蝠甚是羡慕，问它从哪找来这么多鲜血，它把众蝙蝠带到一大树旁问：看到大树没？众答：看到了。它：可恶，我就没看到。——杜航

喜欢也只是听说而已，无法确认，林

小汐却把自己陷了进去。感觉像把自己给卖了。

破涕为笑，然后来来回回发了几条短信，0点35，道晚安睡觉。睡得无比安心。

第一次知道安心这个词，是在初中的时候，那时的林小汐像所有那个年龄的女生一样，对于少女漫画有着无比的热情，那些曲折的剧情，美好的结局，无一不是梦想。也许有一天，自己也能经历这些吧，是这样想的。只是……安心是怎样的感觉呢？林小汐不懂，这是不同于自己所了解的天文地理边缘知识，超出了所能接触的范围体系。

那么我可以说这样的心情就是安心吗？不再担心很多事情，想着离你如此近。

林小汐在Blog里写着琐碎的事，写上一个冬天班里的篮球赛，自己鼻子冻得通红，杜航笑着走过来，说交给你们个任务，然后林小汐接过他手里的记分牌。

4

这个城市经历了进入秋天以来最初的寒冷，傍晚下课时林小汐把手缩进单薄的衣服里，在看到不远处的背影时以为眼睛也被冻坏了。

柯昕嚷着怎么这么冷啊，谁说这个城市四季如春的。林小汐没说话，看着不知在宿舍楼下站了多久的柯昕。

我饿了。柯昕笑着摸摸鼻子。

学校的餐厅里电视声音震耳欲聋，林小汐看着柯昕也不知他是在跟自己说话还是嚼着饭菜。

"我说我是中午的飞机啊。"柯昕的声音盖过周围的嘈杂时林小汐忽然觉得心酸。怎么想起来看我呢。这么遥远的距离，即使是地图也要使劲张开拇指与食指跨一次才能连接的两个地方。

"我觉得我再不来的话小汐就要离开我

了。"柯昕说这话时，林小汐看见端着餐盘起身的杜航，在视线彼此对上时，杜航笑着点点头。

柯昕，我……喜欢了一个人。

我知道啊，我知道的。柯昕弱弱地笑了一下，低头继续吃饭。

小汐你最爱吃什么零食啊？林小汐带着柯昕在学校转悠，偶尔认识的人经过就打个招呼，平静得像是早有准备。

好看的糕点，还有雀巢的威化饼，白的那种。

是哦，以前你就说喜欢好看的糕点了。柯昕一直微笑着。

林小汐说柯昕你别笑了，不用勉强的，柯昕就真的不笑了，眉头开始扭在一起，他说小汐你喜欢过我吗？

嗯。只是，喜欢的时候是真的喜欢，不喜欢的时候也就真的不再喜欢了……

柯昕从背包里往外捞东西，一样一样，像是要把所有的东西留给林小汐。这是韩国的炭烧饼，杏仁味的，你会喜欢。这是日本的糖，罐子很好看。这是香水，不是什么品牌，我第一次买，不知道你喜欢什么味。这是你说过喜欢的兔子钥匙扣，你嫌贵没买，我拿了稿费了就……

柯昕你不用这样的。林小汐几乎哭出来。

我只是，想让你知道我真的喜欢你。

很多时候林小汐觉得自己并不辜负自己的星座，偶然在网上算命盘时发现无论是太阳星座、月亮星座还是上升星座，都是天平。所以才如此优柔寡断，所以才这么害怕伤及他人，所以才这么自我折磨吧。林小汐总是在晚上哭泣，躲在被子里，让眼泪流到湿了枕头。似乎很久以前开始就变得不会在别人面前哭了，这样是好是坏也说不清楚。

23点41分，手机震动。高三那年买的手机很争气地一直存活到现在，柔和的蓝色背光里，林小汐觉得耳边的头发也已经浸湿。

话费提示而已。林小汐握着电话，按出通讯录里杜航的名字，拨通，然后挂断。始终只会这样，因为莫名的想念。有什么立场说出来呢，自始至终都无法确定别人的想法。

突兀地很想去看海，杜航说冬天的海颜色深到让人恐惧，可是在那样的恐惧之下却仿佛能听到海轻柔的笑声。这个城市在内陆，林小汐写了短信说带我去看海吧，哪怕要边数星星边打蚊子也无所谓的。

没有发出去的短信储存在草稿箱里，林小汐叫它们"过期"。

短信进来时是第二天早上7点，林小汐刚洗完脸。"你昨晚给我打骚扰电话？"杜航。林小汐慌了一下，说没有啊。

那怎么有你的来电啊？

可能是睡觉不小心压到了。林小汐心虚得厉害。

你睡觉不关机的？

忘了关了。

像小猪一样在床上来回滚？

……我觉得我睡觉还是很安分的……

于是一大清早心情就很好。林小汐咚咚地下楼，阴郁的心情落在身后。

柯昕要回学校了，他说逃课靠的是运气。林小汐把他送到机场时还是狠下心把那瓶小小的香水还给了他。

香水是给最亲密的人闻的，所以……或许以后能够以好朋友的身份接受你的礼物。林小汐笑着说，柯昕笑着接过去，只是彼此心里都知道这样的笑容有多艰难。

飞机从头顶轰鸣而过，林小汐坐在出租车上，看着不断倒退的行道树，觉得有些东西也在倒退，最终消失在叫做时间的空洞里。

"没来上课？"

嗯，送朋友，难得你去上课啊。心里松了几分。

是啊，难得我上课你居然还不在。

心跳空一拍，然后安慰自己说不要多想，他对熟识的女生都会这么说的吧。

不知道要说什么了，忽然想起桩事，于是说杜航你知道我们学院那个学生会会长叫什么名字吗？

不知道啊，怎么了？

没什么，帮我朋友问问。

她看上会长了？

是啊。

怎么就没人看上我啊。

林小汐笑起来，说因为会长很难得才见得到一次，估计你消失一段时间就有人想你了。

好，就拿你来说，这半个月见了我几次？

没几次，也就一星期两次吧，这个星期只见了一次。林小汐想杜航你基本都不去上课了。

记得还挺清楚，那我也算是消失了吧，怎么就没人想我呢。

有的啊，大概是你不知道吧。

有的啊，只是没说而已。记得如此清楚，整个星期都盼着周末晚上的班会点名，那个时候你一定在的。林小汐心情再次低落下来，这样的感觉，让自己变得舍不得毕业，还有两年，之后就见不到了，怎么办呢？

杜航说林小汐你毕业后要去哪里？林小汐说去有喜欢的人的城市，如果没有的话，去杭州。

小女生。林小汐猜杜航这么说时是笑着的。杜航说多考虑考虑我那边吧。

林小汐在心里笑起来，有喜欢的人的城市，其实就是那里啊。

5

在此之前的许多年里，我们生活在地图南北两个城市，遥远陌生到不曾想过去了解那个地方，那些年月里，或许我们在同一时间看着同一部电视剧，或许我踩着拖鞋去打酱油时，那个城市里白衣白裤的漂亮少年也走进某家便利店。冬天寒冷的早晨我迎着冷风奋力蹬着自行车上学时，你骑着我喜欢的那种赛车在往学校赶，就在我眼泪被冷得掉下来时，你是不是也笑着和朋友打了招呼呢？

这些所有的未知却让自己温暖起来，相同的时间里，不同空间的我们过着自己的生活，直到二十年后遇到，军训动员大会之前，你走过来问同学你有眼镜布吗？于是生命线重叠起来。那么是不是可以理解成之前的成长轨迹是为着在此刻遇到你呢。

林小汐把头枕在手臂上，下午的阳光落在身上，衣服细小的纤维软软地摇晃起来，黑板上西方经济学的公式一堆又一堆，刚才回头去看时，发现杜航趴在桌上睡着了，眼镜放在一边。这样就好，只这样就好，这样的时光，不要结束才好。

很久以后林小汐开始写回忆录，像个老太太一样记下所有琐碎的事和心情，在某个冬天温暖的早晨打开QQ聊天记录看着与杜航最初和最后的谈话时，鼻子就酸起来，一种叫悲伤的感觉席卷而来。

6

杜航走的那天林小汐也去送他，看他笑着和朋友打闹，然后和班里的同学告别。他说

别羡慕我啊，墨尔本的美女都该欢庆了。

曾想着即使你回到你生活的城市，我也能够去那里看你，去那个有海的城市生活，就算无法成就一份爱，也可以不告诉你我的存在，只要想着你也在那里就会勇敢，忽略这其中所有困难。可是，墨尔本对于自己来说是那么遥不可及。而你提前一年离开了我的视线。

握上杜航的手时林小汐情绪几乎崩溃，可她忍住了，她说杜航你别删了我QQ号啊。杜航说不会的，只是也许以后聊的机会要少很多了。

林小汐说杜航你笑起来真的很好看。杜航抬手揉揉林小汐的头，终于揉掉了她的眼泪。这样亲昵的动作会让我以为你真的喜欢我的。却最终没有说出来。那些痛到窒息的无奈，有人说叫做绝望。

那年的体育课，我们选修了不同的项目，你在球场上踢着球，我在场边的垫子上滚来滚去，一些叫做喜欢的情绪让自己幸福。走到教学楼下时你叫我的名字，你说辛苦吗。我淹没在你的笑里，再也没有出来。

只不过是毕业，只不过是离开了那些时光，只不过还是想着你。

林小汐刷新着杜航的QQ资料，然后柯昕的头像晃起来，他说我今天到杭州，一起吃饭吧。

林小汐说柯昕你小子真有福气，有那么温柔的女朋友，柯昕说是啊，比你好多了，我终于不用再受虐待。林小汐就笑，说老娘我其实很温柔的。

柯昕说你脑子大概坏了，杜航只是上个世纪的梦。林小汐说可是我始终不想从这个梦里醒来，她说我的回忆录写到了那次和他还有一帮同学去唱K，公车上他把我拉到身边，我想起那些美好的漫画。林小汐还说我

写到了柯昕你当初问我喜欢杜航什么，我说我喜欢他对我笑，我说他有时候嘴巴很坏其实是个温柔的人呢。

柯昕说两年了都，你快变成老姑娘了。林小汐说我妈都找我去相两次亲了，可你说我怎么就真的没办法忘记杜航呢，又没有什么誓言，甚至没有告诉他我的心情，你说我怎么就走不出关于他的世界呢。

林小汐说火锅好辣啊，柯昕低下头吃菜，说是啊，你以前没这么怕辣的，喏，这里有纸巾，擦擦眼睛吧。

手机里仍然有杜航的号码，林小汐总在深夜想起杜航向上弯起的嘴角时按下它，听着电脑机械的声音说着已关机，然后淹没在那些关于过去的梦里。

7

毕业后在这个城市留下来，在杜航的家和曾经的学校中间，地图上三点连成线。没有亲爱的人，没有熟悉的朋友，只因为是一直想尝试着居住的城市。

林小汐每天行走的路上有很多租书的小店，兼卖一些饮料。这个春天来得有些晚，四月的早晨依然要穿毛衣。林小汐把热乎乎的牛奶捧在手里时，租书的阿姨说小汐你该找个男朋友啦。

手机换成了最新款，放很多歌在里面，

林小汐一直记得杜航喜欢的歌手，只是，不知道现在的他还喜欢吗。有些事是比其他任何事都记得清楚的，就像会忘记要带某份文件上班，会忘记去银行还款，也会忘记吃午饭，可是却清楚记得某个人不喜欢吃薄荷不喜欢臭豆腐，记得他说武侠小说是要一直看下去的。

我记得这么多关于你的事，如果你把我忘了可真是很过分呢。林小汐开始变得会自我调侃，说自己也蛮无聊的。只是还是会经常梦见你，你进教室，你把书放在餐厅桌子上然后去打饭，你站在柜员机旁取钱，你夹着支烟倚在走廊尽头的窗户边。那些与你熟悉起来的日子里没有再看你牵着某个女生走过，偶尔发短信也继续调侃对方，见面时却依然平淡。

办公室窗外有高大的枫杨，花序长长地垂下来，窗帘般摇晃。林小汐挂在网上搜索着杂志的最新排版样式，小小的美编，生活总是淡到失去知觉。只是当林小汐闯进那个博客时，生活的风口被撕开，名字叫曾经的风吹乱了头发吹疼了心。

有个女孩是喜欢了很久的，以为可以一直安安稳稳然后一起幸福，可是自己始终改变不了命。即使离开，也没说原因。

她喜欢笑，安静地坐在前排，我以为她很文静，熟识后发现也挺能闹。她转回头说话时我能看见她笑起来的样子。

这片土地被海环抱，在遥远的地方，她似乎在梦想的城市生活了很久。

看过一个Flash，叫《2004冰封太平洋》，电影般的镜头里，男孩长成男生，然后男人渐渐苍老，在那年最后的梦里，隔开爱情的水结了冰，他向她奔跑，儿时联系彼此的风筝越飘越高。

我在想，如果有一天这片海洋结了冰，那么就可以见到她了。

我告诉现在的女孩我叫Tide，她说这个名字让她觉得忧伤，我说那是因为纪念着一个喜欢的人。

从小生活了很多年的城市也能够看到海，潮汐的涨落在她出现后有了特殊的意义，现在的自己能够对着疗养院外的海岸线微笑。身边的女孩说我和刚来时已经不同，那时的我拼命想要尽快离开这里，而现在，已经变得坦然。有些东西不是努力地就能追寻得到的，我知道我迟早会好起来，也许明天，也许明年，也许5年后，那时的她大概早已有了幸福的家。

没有再上过QQ，没有注销以前的手机号，这样让我有着一些希望，仿佛只要等到某一天，仍旧可以找到她，哪怕彼此早已苍老。

身边的女孩说新年时结婚吧，我说好。她是喜欢笑的女生，她说也许结婚那天我就能够站起来。我知道她对我的好。

遥远的那个人说过她相信来生这样的事情，或许我也能够期许一次。

相册里，杜航坐在轮椅上安静地看书，搭在腿上的白色毛毯雾一般覆盖了林小汐的眼。

8

林小汐站在几年前期盼过与心爱之人一起生活的城市里时，心里没有陌生带来的慌张。

杜航你在这里生活了很久呢，可是我现在才来到。在你小的时候，是不是也曾站在这里看过远方？城市边缘的海水果然如你所说不是很清澈，我们被这片广阔的水域包围，却无法看到彼此，在我脚下退去的潮水是不是在你那边涨起来了呢，墨尔本的冬天有雨吗？我知道你会好的，也许就在明天。在我们各自的幸福里，属于对方的片段回忆也许都不用言说。

杜航，我觉得海在笑呢，你能听到，是吗？

那些没办法实现的爱情，林小汐叫它们永远。

>>>I5l-end

Written by 菩提萨埵
Photo by Zebra Artworks by adam

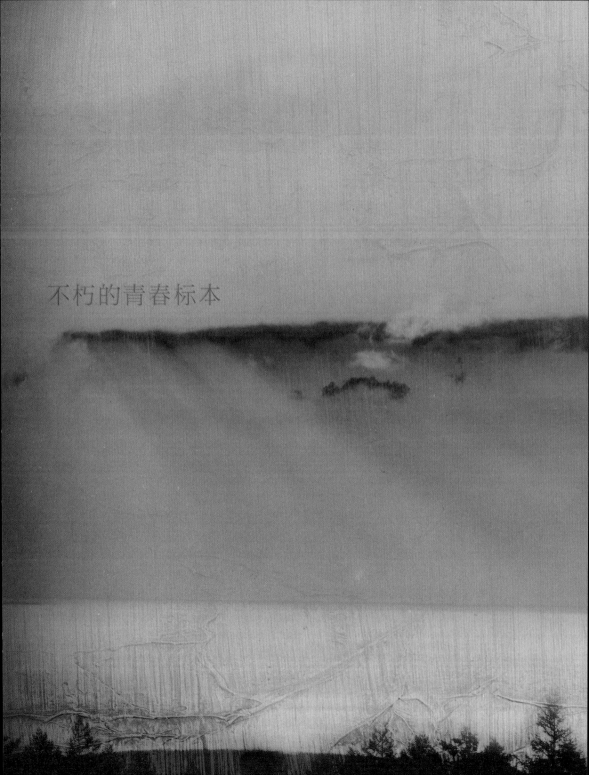

不朽的青春标本

她说她走了，是因为灵魂不在了。

PART 1

我第一次见"坦克"的时候真是吓了一跳。吓了一跳里更多的成分是"这女的丫怎么这么自来熟！"那是高中开学的一个多月左右的时候，我去参加新生的欢迎晚会。我会去参加那个晚会完全是因为晚会上要表演的乐队的贝斯手是我从小一起长大的好朋友。而坦克去参加那个晚会是因为乐队里的另一个人——主唱蒙田。我们本身都忽略了自己作为高一新生的身份。蒙田并不是我们学校的人。而是我们那个小城市里，一家酒吧的驻唱歌手。出于对摇滚的热爱，和段川、孟飞、王小路组了个名叫Kurt的乐队。看名字就知道这帮人有多膜拜Kurt Cobain了。段川是我们学校高三的学生。仗着自己认识乐谱又会拨弄几下琴弦就和志同道合的人组了乐队。而孟飞和我一样是高一新生。至于王小路同志已经是快要当爸的人了，在一家广告公司上班。

那天晚上的表演场面异常火暴。Kurt登场的时候高三那帮女生尖着嗓子喊着蒙田和段川的名字。段川上场时还摆了个自认为很帅的POSE，可能是因为太过熟悉，我在台下看得鸡皮疙瘩都掉了一地。而主唱蒙田不靠嘶哑的嗓音光靠那张很"小白脸"的脸在那一站就已经很招风了。当唱到最后一首满大街都放的Coldplay的《Yellow Star》的时候全场沸腾了。我环视了一下周围的人，除了我和我身边的女生很冷静地透过黑压压的人群里的罅隙看着舞台外，其余的人都已经站起来了。那个女生就是坦克。当时那个场景我们都意识到了我们有多么冷静，于是两个人面面相觑足足有两分钟。这个时候她先开口说话了，"我叫宋凝。你叫什么啊？"

还没等我回答，她就再一次开口："算了我看我挺喜欢你的，就叫你小妞啊。"

"坦克"是我和她熟识之后给她起的名字。用她的话说"我这传奇女人的一生就败坏在俗名上了"。于是我觉得概括她传奇女人一生的名词只能是军事武器，便开始叫她坦克。慢慢的周围的人也就都接受了坦克这个名字。

我从来都觉得像坦克这种人应该是活在另外一个世界。那个世界太不真实。至少像我这种俗人、中规中矩的人是进不去的。可是却没想到不知从哪一刻起我们的灵魂捆绑在一起了。

后来想起坦克的话才觉得是这样的。我们的相遇就是命中注定的事情。

那次晚会之后我和坦克在学校里经常相遇。她每次看见我都热情地和我打招呼叫我"小妞"。而我还在脑海里思索着她这个俗名从前我好像在哪里听过。后来在高一上半年的期末考试成绩出来的时候，我看见"宋凝"两个大字排在年级大榜榜首后才想起在入学考试的大红榜上也有这个名字，并且也是以惊人的成绩排在榜首。记得当时我看见自己那点可怜的入学分数又看见她那傲人的分数后心想这人是什么智商啊！后来随着坦克和Kurt乐队主唱蒙田恋爱的消息漫天飞的时候我才想起来她应该就是初中时的那个传奇人物。因为地方不大，就那么几个中学，有几个好惹事生非或是长得不错或是家里有钱的人物都会迅速地从一个中学传到另一个中学。而像坦克这样长的不错学习不错家里又有背景又异常嚣张的女生早就被千万人传诵了。那个时候我听说的事迹里包括她上学开着一辆价值八十多万的沃尔沃；包括她家庭强大的背景；包括她把高中的女生打到满地找牙；还包括她混乱的恋爱史。初中时我的感觉和现在没差异"就是她完全是个小说里的人物嘛。跟我这种平常人根本不会有交集"。

高一下学期文理分科。奇迹般的我和坦克还有孟飞全部分到一个班级去了。我想那次学校一定不是按成绩分班，否则我怎么可能和坦克分到一起。而孟飞又怎么可能和我们分到一起。不过分到一班以后我才知道那完全是我对音乐的偏见。孟飞的成绩绝对是一鸣惊人。尤其是语文成绩好得叫女生都羞愧。后来我听段川说才知道Kurt乐队里面一半的歌词创作者都是孟飞。

"那么另一半呢。"

段川说，就是坦克呗。

等我知道蒙田是坦克的男朋友的时候坦克已经是Kurt的键盘手了。我惊讶于这个女人的一切。我说坦克你真是太强了啊。

坦克神采飞扬地说："小妞……这个世界上根本没有姐姐我办不到的事情！"

坦克最厉害的地方是她每天不务正业奔波于乐队爱人和学习之间成绩仍旧那么好。坦克说这个世界上虽然没有绝对公平的事情可是每件事情都会有个公平点。她说我没告诉过你吧。我智商一百五！我心想人家妈是怎么生的孩子我妈是怎么生的！怎么智商差距那么大！

"可是我出生的那天就是我妈的忌日。"

我忘记当时自己说了什么只记得听到坦克说这句话的时候我愣在原地为自己心里刚刚产生过的对比感到羞愧。

坦克很少提及她的家庭的事情，我以为那是她低调。因为看她花钱大手大脚的就知道初中时候的谣言是真的。后来有一次去坦克家我才惊讶到在我们这种地方也有好莱坞电影场景里的别墅。就是那种有游泳池有后花园有庭院还有喷池的那种。后来我终于鼓起勇气问坦克关于她初中那辆八十多万沃尔沃的历史。坦克说初三暑假她开车和她爸去外地结果在高速公路上撞了个稀巴烂。

"那你没事吧？"

"嗯。这就是国产车和进口车的区别。"

我心想是钱的问题不是车的产地问题吧。而面对这个问题上王小路就在乎得很。因为他开的是1.6排量的奇瑞QQ。我们曾经这样讽刺王小路说："你开它就跟开了个小蛤蟆似的满街跑。"

王小路用了个非常烂的借口反驳道："那是因为我爱国！"

PART 2

高一下学期快要结束的某天坦克突然跟我和孟飞说她要去北京。

"那你就去呗。你家有钱你就败着吧。"我说。

孟飞一愣，神情认真起来，"你真考虑去？"

我想不就是去趟北京又不是不回来了还用考虑么。

坦克思忖了一会说："我还没跟我爸说。不过我打算不回来了。"

"什、什么？"

孟飞转过脸去好像什么都没发生，又恢复他以往那张面无表情的脸说到："不过你爸是绝对不会让你离开他的。这点……你比谁都清楚吧？"

我问坦克为什么去北京。

坦克说蒙田被北京一家唱片公司看好了，要签他！

"所以，因为这个你要去？"

"对啊。"

"为一个男人？"

"啊？"坦克愣住了，大概是没想到我会说出那种话。

"你太幼稚了！"我完全抑制不住情绪，音调提高了八倍，全身的血一齐冲向头顶，连自己也觉得这么说很过分，"你丫这样算伟大么？！你以为他会和你一辈子么！你傻啊！人家要签的是蒙田！又不是你……"我忘记后来自己说了些什么，只记得教室里鸦雀无声，全班五十多双眼睛像闪光灯一样齐刷刷地看向我，还有眼前坦克和孟飞惊讶地看着我的样子。

后来我又说了很多难听的话，最后一句大概是："那乐队怎么办？"

"我们怎么办？"

"你爸怎么办？"

"学习怎么办？"

"我怎么办？"

你就这么抛下一切。一切都要怎么办。

那一整天我都没和坦克说话。

中午吃饭的时候孟飞对我说："你今天说的真的有点过分。"

"我知道。"我只是不明白为什么她为了爱情什么都可以放下。在我心里那个勇敢高傲的坦克又哪去了呢。

"你不觉得……这才是她的优点么。"

"唉？"

"为了爱不顾一切。"

晚上放学我也没去地下室。一想到坦克要跟蒙田要去北京，段川高考之后也会去别的地方，我们马上要分道扬镳了心里更不是滋味。我一个人走在天色渐浓的夜色里，嘲笑自己白天的做法。其实我比谁都清楚，我说那些话也是白费。无论我说什么，只要是坦克下定决心的事情又有谁能够阻拦。因为那样才是我认识的坦克。只是我控制不住自己的情绪才说了那些违心的话。回忆起这半年来和他们在一起的日子就觉得我是这个世界上最幸福的人了。每天放学就跑去地下室看他们排练。在地下室里一边把音乐调到最大一边写背英语单词。周末买好火锅的材料一起去地下室吃火锅。最搞笑的是有一次，我嚷着要吃烤肉。可是他们还要排练没人能陪我去。王小路想了个好办法，不知道到他从哪弄了个炉子我们就在地下室烤起肉来了。结果可想而知，在不通风的地方烤肉，会有什么结果。可是那天看着我们每个人被熏黑了的脸以及狼狈的样子我却觉得很开心。

等我回家的时候看见坦克一个人蹲在我家巷子口。路灯下她的影子被拉得长长的，好像被黑暗吞没了。我突然觉得她蹲着的姿势和她影子一样孤单。坦克看见我回来了，她说："小妞，你拉我一把。姐姐腿都麻了站不起来了。"

也不知道怎么回事，一听见坦克说话我整个人心情顿时开朗。"谁让你在这蹲着了！进屋去！"

坦克一脸无辜地说："段川说让我使苦肉计的。说你肯定不生气了。"坦克走上前来拉我的手。黑暗里，坦克温暖的手心有潮湿的感觉。"那你现在是不是不生气了？"

我不知道怎么了，情绪突然又激动起来。紧紧地握着坦克的手，视线模糊起来，眼睛里好像挤满无数只小爬虫。

坦克走的那天是段川高考的日子。王小路要工作。所以就只有我和孟飞去送他们。坦克说没告诉她爸。只留了张字条。她要是告诉她爸她就走不了。她说小学的时候她去外省读了四年的双语寄宿制学校。于是她爸就每半个月坐飞机去看她一次。她说我爸完全是把对我妈的爱全部寄托在我身上了。她说我爸真伟大。所以我只能这么做。

我看着坦克只背了一个JANSPORT的背包就觉得她真的很帅气。什么事情都拿得起放得下。坦克最后和我说："小妞。你要是太想我就忘记我。"但伤感的并不是这一句所有文艺电影里都用烂的"太想我就忘记我"，而是她脱口而出的下一句。

她说："传奇的人的结束语也要传奇，我昨天想了一晚上，觉得这句够矫情。"

我们嘻嘻哈哈地道别。可是坦克不知道在回家的路上我趴在孟飞的肩膀上哭了很久。孟飞还是什么话都不说，就让我那么一直哭。后来我哭够了问孟飞："你为什么不安慰我让我一直哭？"

孟飞面无表情地说："你能拦得住么。不过这点你和坦克挺像。"

"孟飞——"

"唉？"

"你看窗外——"

孟飞顺着我手指的方向看向车窗外。远处的天空大片大片被夕阳染红的云彩。压得低低的，笔直的公路延伸进云层，和道路两旁被风吹起的大片芦苇，排成海浪，一起冲向远方。

只是。这些景色坦克还看得到么。

PART 3

因为乐队少了灵魂人物蒙田和坦克所以很多活动被迫停止了。其实段川心里比谁都清楚"活动不是被迫停止"而是根本就不会再有机会活动。谁都没提要再为KURT重新找主唱的事情。王小路家的小宝宝快要降临了，他也很少来地下室。段川说蒙田走的时候说有一天要让Kurt站在世界的舞台上。我看段川说这句时的激动神情就没打击他，没说中国摇滚乐的现状跟中国足球是一样的。段川因为蒙田这句话整个人都沸腾起来，整天闷头学习发誓老子一定要考到北京去。

段川高考成绩出来的时候我们都吓一跳。因为他真的考上大学了。虽然是个三本学校。但最最重要的是他真的考到北京去了。那天我去他家还CD，段川还处在兴奋里不能自拔，他说"老子都能考上大学都能考去首都，这世界上还有什么事情不能发生！"

我坐在地板上安静地找着孟飞推荐过的They Might Be Giants乐队的《The Else》专集。段川坐在床上一边拨弄着贝斯一边夸夸其谈他将来伟大的梦想。看着我正找得专注，问我在找什么。

"孟飞推荐的实验音乐——They Might Be Giants啊。我记得……"终于看见了在CD架的最上面一层，我踮起脚尖，举起胳膊，"啊、啊找到了。我说嘛……明明记得你在网上邮购过的。"

只是段川的下个动作让我脑子瞬间短路。段川一八几的个子很轻易地帮我拿下了那张CD。但他突然手臂用力地抱住我，在视线上方投下的阴影他的嘴唇措手不及地落在我嘴唇上。

我承认有几秒钟里我完全失去了意识。

至少那是我人生里、16年里、除了父亲以外的男生、第一次吻我。

"我说的话你不记得了么……"

"我说过要让你幸福。"

"我说过的。"

等我回过神来的时候我已经推开段川跑出他家了。我搜索着记忆里段川说过的每一句话终于想起来他说过要给我幸福的话。那是我小学五年级的时候我爸妈又吵架吵得厉害。平时早已习惯了的我那次却真的害怕了。因为两人嚷嚷着要离婚。说实话他们吵归吵，无论吵到摔东西还是动起手来却从来不提"离婚"这两个字。可是那次他们只是吵最后说到离婚。那次我就真的害怕了。那个时候一直喜欢装深沉的我还坐在屋子里镇静地画画。可是我发现我调不出我想要的颜色。画面一塌糊涂。最后我还是无助地跑到段川家去。段川正在写作业看见我当时那个样子他真的吓坏了。

他说："你别哭。"

他说："你要笑。"

他说："你爸妈这套都多少年了你也信！"

他说："你笑最好看。"、

最后他说："我要让你幸福你信么。"

那次之后再看见段川已经是王小路请客吃饭庆祝段川考上大学的时候了。其实有好几次段川给我发信息或是去学校看孟飞我都故意躲开就是他来我家找我我也叫我妈想办法推脱掉。孟飞好像看出什么了对我说逃避也不是办法。于是王小路请吃饭我就去了。那天晚上回家在巷子段川问我相不相信他。

"我不知道。"

"那喜不喜欢？"

"也不知道。因为太熟悉了……我已经混淆了某些感情。"

"那要不要交往？"

"嗯……那就试试看。"

PART4

我觉得有时候我跟坦克差不多。做事情从来不考虑后果。比如就像现在我完全没有考虑到现实的问题。像段川开学就去北京上大学而我却还在这个小城市里的高中摸爬滚打。段川走了以后我和他的联系就靠短信和网络。偶尔段川会给我打电话，因为是长途所以我们尽量长话短说。可是我却发现电话里更多的是沉默。段川说他去看过坦克和蒙田一次，好像情况不是那么顺利。要签约没那么容易。他们在三里屯那边租了一间地下室。坦克每个月那么点打工的钱都交房租了。因为坦克属于离家出走的性质身上没有钱，而且又要躲着她老爸的追查。所以日子过得很辛苦。而蒙田是个清高的摇滚歌手怎么可能出去打工。段川说不过坦克一点都没变。段川还说越来越佩服坦克了。在那样的家庭长大却还能跟蒙田过着这么漂泊不定的生活。

段川走了以后Kurt就正式解散了。虽然没有很正式地宣布。可是大家心知肚明。王小路自从有了儿子以后甚至把地下室的鼓都搬回家了。他说没时间来只好在家没事打打。现在就只有我和孟飞去地下室了。每天放学我们都肯定会去。在那里写作业、望天、听音乐，甚至只是翻翻杂志看点小说什么的。我们都觉得这样寂静的时光很好。有时候会有种错觉就是大家还都在。等到看到已经落了厚厚的一层灰的乐器时候才发觉一切都是个梦境。那些曾经美好的日子，伴随渐渐老去的年华消失在风里。因为坦克走了我整个人也就老实许多。现在我和孟飞是同桌。看着他整天对着那些粉红色信纸无奈的表情我就会很同情他。有时候我上课睡得太凶了他就会敲着我脑袋提醒我要听课。有时候和段川短信发得忘了听课他也会帮我抄笔记。因此我的成绩竟然有明显的进步。

高二下学期快要结束的一天，孟飞突然和我说坦克回来了。我还没听孟飞说完下面的话就兴奋地给坦克打了电话。电话的另一端声音嘈杂。坦克的声音听起来模糊不定。

"你回来都不联系我吗？"我有点埋怨的口气。

"嗯……我爸走了。"

"唉？你别扯开话题嘛——对了，你爸去哪了？"

"去天上了。"

"天上？去那干吗？"

电话那边没有回答，隔了几秒后我听出来了那端放的是哀乐。

电话处在忙音里几秒钟。我的脑子还是无法对此做出什么反应。坦克说"你别担心，我没事。那就先挂了。我这边全完了就联系你们。"

"那用不用我们去？"

"不用了。这边的人物还挺复杂。好，那我挂了。"

"嗯。"

语言的苍白无力有时候体现得清清楚楚。那几天我真的不知道该说些什么或是想什么样的话语去安慰坦克。因为我知道无论做什么那些事情还是改变不了。孟飞安慰我说坦克绝对能挺过来。我知道那才是我认识的坦克。无论身后有多么悲伤的事情她都会用最轻描淡写的态度面对。反到是她这样更让人心疼。什么事情都一个人。那些坚强筑成的盔甲也不过是脆弱的掩饰而已。放暑假的时候坦克主动找过我一次。她整个人瘦骨嶙峋地窝在她家客厅的沙发里。

她说："你看我爸多伟大，留下这么大的房子和这么多钱给我。我花一辈子也花不完。"

我猜不出坦克此时的心情，只是她说的每一句话都像是浸泡在悲伤的药水里。

坦克说高三她打算休学。我问她还高考么。坦克说她好好考虑再决定。而关于她在北京这一年来的生活坦克没有提起我也就没再问过。不过听段川说的意思好像是蒙田还在北京。只不过有一次我们一起窝在坦克家空荡荡的房子里看外国电影。电影的名字我已经忘了。记得电影演到女主角因为自己快要结婚的恋人病逝以后就终身未嫁的时候坦克哭得厉害。我当时吓傻了根本不知道怎么安慰她。

坦克说我现在才发现我迷恋的不是蒙田，而是这场恋爱本身。

坦克不来上课整个高三就剩下我和孟飞一起熬。虽然我不知道孟飞智商有没有一百五可我知道这家伙也不是常人。早晚自习他都不上然后模拟考照样每次都是年级前十。有时候上课他睡觉我就劝他晚上回家别太拼命看书了，结果这家伙耷拉着眼皮说"看电影看得太晚了"。我本来脑子里有一刹那又产生了上帝是不公平的想法，可是想想坦克说过的话就觉得也很有道理，我对孟飞嫉妒的心理也慢慢化为羡慕和感谢。和段川的短信联系也减少了，段川知道我要高考了也不好意思打扰我。坦克果真整个高三一天课都没来上过。她很少出门。整天呆在那所华丽空旷的房子里看书和DVD。她说那样挺好，生活很自在。她说我把整套亦舒都看完了呢。

生活就这样过得很快。转眼黑板上的数字从三位数已经变成个位数了。坦克根本就没去参加高考。坦克说她决定复读的时候我们都吓了一跳。我以为她会去留学或是像小说里写的那样去流浪。因为我觉得她就是小说里才会出现的人。有时候人就是这样，以为那些人只会出现在小说里，却忘了它们也活在现实里。

　　我的高考成绩不好也不坏。我没有报北京的学校。而是挑了一所我的成绩肯定能被录取的沿海城市的学校。段川知道了以后很失望。只是也没说什么。而孟飞说自己发挥失常，报志愿的时候为了保险起见也和我报了一个学校。他一共少估了一百二十多分。可是他却跟没事似的。我说孟飞你不委屈么。

　　孟飞说："委屈。"

　　"你不后悔？"

　　"后悔。"

　　"那……你打算怎么办？"

　　"接受事实。"

　　说实话听他这么说我就更佩服孟飞了。孟飞说"是金子总有发光的时候，而我就是那块金子。"

PART 5

　　大学毕业以后我和孟飞留在那座沿海城市。我成了一个普通的朝九晚五的上班族。每天为了生计而奔波。

　　大三那年我妈打电话的时候说王小路出了车祸。那辆奇瑞QQ被撞得粉碎，而人也是。记忆里我真的很难记起王小路那张嘻嘻哈哈慈祥的面孔以及他打鼓的时候喜欢穿着印着我们的偶像Kurt Cobain头像的黑色T恤了。

　　蒙田我在毕业那年回家的时候看见过他一次。当时都有点认不出来了。蒙田理着平头还是那么瘦弱苍白的脸，只是他再也没有昔日里乐队主唱的气质。我在怀疑他真的是坦克曾经不顾一切去爱的那个摇滚青年么。

　　孟飞依旧是很出色。为人理智做事懂得分寸。大二的时候就和朋友一起做网络公司。现在公司也开始步入正轨。

　　在我大三那就和段川分手了。那个时候段川都毕业两年了可还没找到一份正式工作。他整天做着他的摇滚明星的梦想。温饱问题都得靠着白天打零工挣的钱。段川妈妈找了我好几次让我劝他赶快找份稳定的工作。我和段川协商了几次结果都失败。段川说你变了。我说饭都吃不起梦想还有屁用。段川说，你从前不是这样的。我说我一直就这样。段川问我能不能记得他以前说过要让我幸福的话。我说记得又怎么样呢。你连自己都养不起我又怎么能把自己的终身托付给你呢。我最后说我们分手吧。

　　大一那年夏天我听说坦克当年高考考清华差了两分。听说是我们那个小城里面高考分数最高的人。后来等我放暑假回家的时候坦克早就离开了我们的小城。听说她去了一所别的院校。我妈说坦克走的时候给我送来一本日记本。后来我家搬了几次，日记本也就不知遗落在何处。不过后来我听说坦克大一那年退了学。从此便消失。杳无音讯。

去年我生日孟飞突然跟我求婚。我没考虑就答应了。至少像孟飞这种条件是不需要我考虑的。其实高中的时候我以为他喜欢坦克。他一直深藏不露我根本就猜不透他的心思。可是高考报志愿的时候我才知道怎么回事。他故意少估了一百多分。以他做事严谨的态度根本不可能估错。那样的几率就跟火星撞地球是一样的。前几天我们回去小城，收拾些东西，准备结婚。在收拾书柜的时候突然发现了当年那本坦克送给我的遗失的日记本。

我轻轻翻开封面，挺拔娟秀的字体映入眼帘：

我走了是因为灵魂不在了。

那天夜里我梦见了消失多年的坦克。梦里我们站在和Kurt第一次见面的学校礼堂里。坦克站在舞台下面幸福地看着年少时的男主唱。段川仍旧是摆着自认为很帅的Pose。王小路一张慈祥的脸和T恤上Kurt Cobain那张冷酷的脸形成鲜明对比。而孟飞则是一张稚嫩的脸让我无法和他沉着冷静的性格联系到一起。

梦里坦克紧紧地握着我的手幸福地笑着。

坦克问我："时间假若倒退，你要重新来过什么呢。"

梦里我突然泪如雨下。

>>>I5l-end

苏老师在黑板上刷刷地写着什么，原来是一句很土的英文，"nooneisworthyourtears,andth eonewhois,won'tmakeyoucry.没有人值得你哭泣，那个值得的人不会让你哭。"他那带着陕西口音的普通话使这句话的意义更加大打折扣，说出这句话的最初的那个外国人大概会伤心得吐血。

教室里的气球只挂了一半而已。有鲜红色的礼花从天花板上吊下来，刚好在苏老师耳朵边上，像是给他戴了一朵媒婆小红花，有人在偷偷笑着。文史楼外惊起一滩麻雀，而不是什么高级的白鸽。小眠的头微微一歪，靠在我的肩膀上，"我很累，很累。"她的嘴角诺诺地挪动着。我们坐第一排，这女人竟敢如此放肆，多亏苏老师对我们俩一向睁一只眼闭一只眼，但他嘴巴一向恶毒，对爱徒尤其。

"这死女人，不想活了。"我暗自埋怨着小眠，心里却微微一颤。下午的阳光有些阴霾，毕竟是最冷的冬天了。而小眠，安静地睡着了，她的手从课桌上垂下来，发生了撞击的声响。近在咫尺的苏老师停下来，不再说话，只是用眼睛询问地看着我。

这是2004年的12月。如果还有人记得的话，很冷。

Written by 项斯微
Artworks by adam

再见，圣诞夜

我很轻很轻地点了一下头，泪水顺着脸颊流下来，是谁刚刚说过："那个值得的人不会让你哭。"教室里的各种声响都渐渐安静了下来，只听见礼花和气球们在头顶沙沙地响。再过几个小时，就是圣诞夜，我和小眠的第一个圣诞夜。小眠应该早就准备了神秘的礼物给我，而我和肖横，也一起买了她最想要的跨年演唱会门票，她说一定要去现场听阿信唱歌。

然而，只有几个小时了。

从那年之后，我再也没过过真正意义上的圣诞节，圣诞节对于我来说，永远都是挂了一半的礼花和气球。我很快和肖横分了手，大学里再没人看见他。我只在往后每年圣诞夜的时候和他互发一个那种类似于群发的短消息互报平安。

"圣诞临近百花香，一香送你摇钱树，二香送你贵人扶，三香送你心情好，四香送你没烦恼，五香送你钱满箱。"这样庸俗虚假到没有一丝感情色彩的文字。隐藏全部的感情。绝对不对彼此说一个多余的字。只不过证明我们都还在这个世界上好好活着。

对于小眠来说，能够好好活着，应该就是藏在袜子里最好的圣诞礼物了吧。

[遇见小眠]

我忘不了小眠的背影。那是苏老师第一次给我们上课。系里有传言表明听苏老师的课是不能坐第一排的，因为面前会"大雨下个不停"。但是小眠却喜欢，她背挺得笔直，有我所羡慕的消瘦的弧度和乌黑俏丽的短发。那一天我被这个美丽的背影给深深地震撼住了，为此非常想看到她的正面并且还在心里恶毒地祈祷着她有一个咆牙的正面以及眯眯眼。令人失望的是，小眠很漂亮。她回头整理书包时我瞥见了她尖而小巧的下巴，当即气馁。

但幸好她的漂亮不是女生讨厌的那种妖精相，她圆而精神的眼睛像我家的小猫融绒一样可爱。等她再回过头去我顺着她的脖子评估了一下她的衣着，就看见她脖子后面赫然挺立着一个昂贵的牌子标签。这只猪竟然把衣服穿反了！她那件黑色的连衣裙细细的接线头暴露在外面，一个小标签贴在其上，配上小眠伸着脖子认真上课的模样，好像一只打着标签的玩具小鸭子。

我笑场了。好吧，还算她长得不那么讨厌，真是个幸运的姑娘。伟大而又胸怀宽广的我立刻撰写了一张纸条给她，态度含蓄："这位同学，非常不巧地看到了你衣服的商标牌子，位于你脖子的正下方。这真是一个不错的牌子，你很有品位。"随即我猫下头，瞟见纸条顺着很多只手递到了她的面前。不经意地大概会以为是那个男生在第一堂课就爱慕上了她吧。

接到纸条后小眠大窘，立刻站起身来，惊得苏老师点滴的唾液停留在半空中。她跌跌撞撞地跑出门，五分钟后一脸娇羞地回到了座位上，不再高昂着头。商标也终于归位，相比此刻正服帖地趴在她的后背上。

我以为自己又当了一回活雷锋，我以为她并不知道究竟是谁写的纸条。然而下课后，小眠拦住了我："同学，我请你吃块炸猪排如何？"她的语气气拔山河不容有失，轮到我怯生生地回应："两块，可以吗？"

"可以。"小眠如女皇般神气活现地点了点头，从此以后我与她以及炸猪排形影不离。我与她都觉得这样的相遇发生在我和她身上未免有点吃亏，我日后日夜渴望着肖横某天也能在我面前刚好把衣服穿反，也许这样子我就可以和他牵出一世情缘从此天雷勾动地火。

对于我的花痴小眠气得发狂，我想热爱学习的小眠总有一天也会知道"有异性没人性的滋味"。"那真的是很美好的一种滋味啊。"我话音刚落就遭到她一记左勾拳，还好，对于我她从来下手很轻。

[我爱肖横]

然而我很快发现和小眠走在一起实在不利于我"大一恋爱，大二再恋，大三又恋，大四毕业"的誓言。男生们的眼睛在她脸上停留的时间与在我脸上停留的时间是十比二，十比二不等于五比一，他们往往先看我一眼，接着就盯着小眠看个不停，最终收回目光象征性地在我脸上扫过一下，缓解适才的尴尬，好像写作中的首尾呼应一般。为此我常常向小眠抱怨，要求她速速赔我几个爱人了，"是几个，不是一个吗？"小眠故意睁圆了眼睛问我。"好啦，我大学绝对不谈恋爱的。下次再有人看我不看你，我戳瞎他眼睛如何？"

那么，大概全系有一半男生会变成盲人。

终于有一个男生可以不被小眠戳瞎眼睛，那就是肖横。肖横看我十眼，才会随便地看小眠一眼。当然，他也不是常常看我就是了，他外表有些冷，但是我却骄傲地向小眠宣布，他骨子里肯定是热的。小眠不懂，便我问，我便轻蔑地看她一眼，"中学里怎么学生物的，活人嘛，骨子里当然都是热的。"

其实我是想说，肖横不知道什么地方，和小眠挺像的。他们都是那种外表和别人并不亲近，但一旦认定你是他的朋友，就可以为你做一切事情的那种人。只不过，小眠是用笑容拒人于千里之外，而肖横是用冷淡罢了。但我终究没有说出口，说到底，我是在害怕着什么。

上课时候，肖横总缩在最后一排睡觉，而小眠却总拉我坐第一排。这非常不利于我开展我的爱情。但是我又拗不过小眠。所以我只能趁着老师提问后排同学的时候偷偷回头趁机去看肖横。我想当时这么做的女生里全班也有好几个，碰巧他被教室的声音吵醒了，会抬起头来看看。有好几次，他都看向我这个方向，我们四目相撞，我心小鹿乱跳，然后就在课桌上记下一笔，偷偷画正字。我想，他对我是特别的。我曾经在课堂的抽屉里捡到过他的钱包，里面有四张百元大钞。还钱包给他的时候，我一直眼巴巴地望着他，指望他从中拿出一张来打赏我，毕竟这是我人生第一次捡到10元以上的钱。可是他眼皮都没有好好抬一下，只低着头说了一声"谢谢"，声音哑哑地，刚睡醒的样子。结果课后我们在学校后门的油豆腐线粉汤店相遇，他看见我嘴巴稍微歪了一下，我的理解是他在向我打招呼吧。小眠却泼了我一大盆冷水，"可能，是有他面瘫的毛病也说不定。他嘴角常是歪的。"小眠的观察倒是很仔细，肖横确实有一张微微倾斜的嘴巴，弧线却更加好看。

"那你不如喜欢崔永元。我奶奶觉得他也面瘫。"面对我崭新的爱情小眠的嘴巴总是异常的毒，但是这毫不影响我们吃线粉汤的情绪。吃到一半，老板娘端上来一盘生煎说是给我们吃的。说是刚才一个小帅哥帮我们叫的，连线粉汤的钱也付了。我回头一看，肖横已经不知所踪，十三点的老板娘还特意在"小帅哥"三个字上加了重点，一面掩嘴咕噜，巧笑倩兮的模样，继续八卦道："那个小帅哥，是你们谁的男朋友啊？黑黑的，高高的……"我想再不阻止她，她可能就要迸发出"我年轻的时候，也遇上过这么一个……"之类的话，赶紧拉着小眠逃走，可惜了那没吃完的半碗粉丝汤，那可是肖横第一次买吃的给我啊。

临走之前，我匆忙用手机把我那碗线粉汤和生煎拍下来了。尽管画面背景凌乱，但我仍然喜孜孜地把它设置成了我的手机桌面。小眠因此异常生气，"一碗线粉汤就把你收买了，还我炸猪排来。"我想她忘记了自己吃的那碗也是肖横付钱的。只是，要是那之前我对肖横的爱慕都有些半真半假的情愫，但是从那一碗汤开始，我当真了。

[小眠病了]

当然，小眠不会是真心想让我把炸猪排还给她。食堂的炸猪排是非常珍贵的，并非天天都有，星期一出现的频率比较高。那个星期一中午我去团委办事情，远远看着小眠拿着我们为炸猪排专门购置的高档塑料饭盒冲向我，一点也不顾她的淑女风范，大喊大叫："死女人快看，今天有缘，我买到了四块……""块"字只滑出了一个"k"音就嘎然而止，塑料饭盒在空中划出了一个美丽的弧线，四块大排纷纷扬扬洒落在地上，而小眠轰然倒下。

在校医院简陋的办公室午后，我知道了小眠对于圣诞夜的仇恨，知道了她为什么从来都不用参加体育课，知道了她为什么这么努力学习，又这么拒人于千里之外，16岁的她在澳洲读高中的时候，那里的圣诞夜前夕张灯结彩。她被朋友拖着去游乐场玩那座世界排名前列的翻滚列车，本来身体一向健康的她在上天入地的时候突然头脑眩晕，心脏剧烈跳动，在最接近蓝天的那一刻居然就昏了过去，幸好因为保护措施得当，才没有掉下来。但是当天小眠却被送到了医院里，医生说这次的经历可能诱发了她身体里本来就有的疾病，大概全球有20万人有这种疾病。她病的全称很长，"卡尔林氏缺失性系统心脏病"。脑袋一向不好使的我却死命地记下，一遍一遍地背。我很想问医生，"是不是这个卡尔林氏也有这样的疾病吗，那么，她现在过得好吗？小眠也能过得好吗？"可是我终究没有开口。

闻讯赶来的小眠的妈妈并非是个美丽的女人，但是看上去很舒服。她已经习惯了小眠的晕倒，只是叮嘱我说："不要让她跑步，知道吗？"

跑步？小眠最喜欢看我跑步了。

走出门的时候，她妈妈又折回来，她的眼睛直接望进我的眼睛里面，我知道那里面有很重要的托付，关于一个四十多岁的女人与不到二十岁的女人之间的，她犹豫着，终于说："她……时间不是很多。尽量快乐吧。她这两年的朋友也不多，真的。"

原来小眠的时间已经不多了，这些原本应该出现在电视剧中的古老情节，就这样真实地展现我面前。我终于知道苏老师说过的"人生远比故事残酷"是什么意思。故事可以有很多种结尾，而人生的结局总是只有一个。而小眠，竟然什么也不说，就这样打算独自离去，不在这世界上留下一点点痕迹。

我看见小眠逐渐醒过来，心里却从来没有这样沉重过。可小眠，好像什么事情也没有一样，只是不断在惋惜她给我抢的那几块大排。我的耳朵里布满了"炸猪排"这样的字眼，可是我的眼泪却止不住掉下来，一直故作坚强的小眠终于褪下了她的面具，她沮丧地对我说："死女人，喂，你啊。哭你个大头鬼啊！"然后她就哭得比我更加伤心。

"现在，你知道我不可以谈恋爱的。你也不可以，知道吗，你要一直陪着我。"

我点点头。

"你啊，其实，我本来也不打算交朋友的。可是偏偏就遇到了你，我怕到时候……你……太伤心了。可是，可是我太寂寞了呀，太寂寞了。"小眠的泪水顺着她美丽而小巧的下巴滴到并不白净的床单上。那个时候我是真心以为她是不希望我恋爱，害怕我被肖横抢走。我后来才知道我把小眠想得这么自私对她而言有多么的不公平，我把自己抬得太高。后来我才知道，小眠早就明白肖横爱的其实是她，一直都是她。他看我十眼，都是因为这个固执又倔强的男生期望能够在第十一眼的时候，很自然地偷看小眠一下。

是啊，谁会不爱这个善良如此的小眠呢？她以为她可以瞒我很久，可是，我还是很快就知道了。一个人真心爱另外一个人，假以时日，怎么会看不出来呢？

[肖横爱小眠]

那天之后，我已经下定决心就这样陪着小眠，她爱坐第一排就坐第一排，她要怎么样就怎么样。至于"我的肖横"，我就深深埋藏在心底吧。小眠在这期间又收到一封旷世情书，那个绰号叫做"书生"的男生，惊世骇俗地在苏老师课前的黑板上写了一首《致我心中的女神小眠》，当我们施施然走进教室的时候，一些先到的优等生已经开始窃窃私语，因为这首诗写得实在是太糟糕了："你的眼睛，就像东方明珠一样闪闪发亮；啊，小眠，我对你的爱，就像黄浦江水一样汹涌"。我虽然也差点笑破肚皮，但又害怕小眠生气，赶紧上去把诗擦掉，没想到一向自封绝对不谈恋爱的小眠却带着一点浅淡的微笑，还对我说：其实挺有创意的。

书生听到这样的反映，激动地有点不知所措，搓着双手站到了小眠身边，小眠竟然还微笑着对他说了一句："我的眼睛，真的像东方明珠一样闪闪发亮吗？"这下子，全班更是哄堂大笑。

"是的，这个当然。我本来还想把浦东也放进去的。后来觉得你的气质还是比较浦西一点。"书生得意洋洋起来。全班又是一阵大笑。

只有两个人没有。一个是我，我不知道小眠是怎么回事，竟然要去挑逗"书生"那样的男生；而另外一个人竟然就是肖横，他默默地从教室后面退了出去，离开之前，他歪着嘴对我笑了一下，是苦笑。我的心里一颤。他的背影很孤独，而我的心竟然有些疼——他竟没有笑，他竟没有笑。

之后的课堂，我的心情都异常沉重。小眠更召唤"书生"坐到我们后面来。我不便向她发脾气，心中却更加郁郁。

晚上，小眠拉我去跑步，虽然她不能跑步，但是她很喜欢看我在操场一圈一圈地跑步。她就坐在一旁帮我数。我其实很恨跑步这样枯燥的运动，而且每当我想起小眠连跑步这么简单的一件事情都做不了之后，我的脚步就更加沉重起来，而且，肖横他又……我甩一甩头，跑累了，就穿过栅栏去买我和小眠都很喜欢的蒸馏水。每次上课前我和小眠都会带蒸馏水一同前

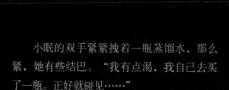

往，搞得全研同学都说我们奢侈，"蒸馏水和一般的水有什么区别啊，还不如喝学校打的水，2毛一瓶。"

其实是有很大区别的，学校的开水有股味道，我和小眠都喝不惯。蒸馏水虽然没有味道，但贵在纯净。

就在我在小卖店打卡的同时，一个高高的身影晃过我身边，是肖横！我心里一跳，但他匆忙地买了一瓶蒸馏水离去，甚至来不及看我一眼。但我的心竟然稍微有点安慰，他的口味竟然也和我一样，难道也是爱这种纯净的味道吗？那一刻我其实忽略了，蒸馏水也是小眠的最爱，他每一次看向我的方向，其实也有可能是在看我身边的……小眠。

但我没有想到，等我拖着步子回到操场的时候，肖横竟然就坐在小眠身边。他高大的背影有些紧张，是的，我想，他的一切我仿佛都了然于心，甚至能感受到他此刻不安而又激动的心情。可是，这样的沟通是单向的，我懂他有什么用呢。

肖横和小眠一句话都没有说，难堪的沉默夹在他们中间。却又如此和谐。

好多话也梗在我的喉咙了，我却不忍心打扰他们。星星在我们头上闪烁，三三两两的人跑过我们身边。日后回想起来，这竟然就是肖横和小眠最浪漫的时刻。他们没有发现我，他们也没有看向彼此。但是这一刻，他们其实已经说了很多。

"我喜欢你。"

"其实，我也喜欢你。"我想，他们的心里就是这么说的。有时候，不说比说更让人甜蜜。

几分钟后，肖横猛地站了起身，差点撞到就站在他身后的我。我的鼻子碰到他的肩膀，酸酸的。突然间我有种想哭的冲动。肖横把我扶正站好，看着我的眼睛，"我……你，你们好好地。"他语无伦次，没有看小眠一眼，但我知道他心里看了很多眼。

小眠的双手紧紧拽着一瓶蒸馏水，那么紧，她有些结巴。"我有点渴，我自己去买了一瓶。正好就碰见……"

我知道，她在说谎。但几乎就是在同时，我原谅了她。

毕竟，小眠从来都没有要和我抢过什么。我知道，如果可以，她宁愿肖横爱的是我，而留她一个人品尝痛苦。

只怪我自己想太多。可能是从那一刻开始，她下定决心要让肖横爱上我，她下定决心要结果自己的爱情，成全我的。

小眠，你怎么可以这么笨呢？

[死了都要爱]

那天之后，小眠开始公然地和书生出双入对，完全不顾我的反对。当然，小眠依然和我站成并排，而书生尾随其后。这个脸上微微有几颗雀斑的白净男生倒是也不介意，跑腿很勤快，但是我不许小眠接受太多他的好。"他真的挺不错的，除了会写诗，记笔记的本事也一流。"小眠竟然还替书生辩解。

我知道小眠是故意的，因为经过肖横的面前，她会后退一步，突然挽起书生的手来。

肖横的身体一颤。我以为他会低下头，可他却总是抬起头来看着我们，眼睛里带着一些努力伪装出来的微笑。只不过每节课前，照例有两瓶蒸馏水放在第一排我们固定的座位上。

小眠说她改变口味了，把两瓶都推给我。我忍着胃部的难受，没事一般把两瓶都喝下去，然后狂跑厕所，我不希望有一瓶水在下课后孤单地留在那里，那样，肖横的心会更痛吧。有一次从厕所回来，我看见小眠默默盯着空瓶子发呆，眼神涣散。每当我想劝她，她就会警觉地把话题打散，把肖横往我心里推。

肖横照样看我十眼，看小眠一眼，只不过最后一眼竟然一次比一次绵长，我知道小眠的心里比我更难受。

热爱睡觉的他，开始起早贪黑，听说他报了四级班，准备今年就考出来。他从来都没有怪过她。他在努力改变着自己。

而肖横也爱上了跑步，每个晚上，都能在操场上见到他狂奔的身影，这样，小眠就渐渐不去操场了，我偶尔会过去。班级里的流言很多，那些女生都说肖横变了，曾经自傲并且瞧不起大学教育制度的他认真学习，除了学习，就是跑步。强度大到倒在操场上好几次。金花在我们面前说起肖横昏倒的时候，我看见小眠的脸色惨白，差点把水杯打翻。于是我丢下小眠不顾一切跑到男生寝室楼里，在同学们诧异的眼光下把肖横叫了出来。

看见是我，肖横有几分开心。我想这不会是因为我每次都把他买的蒸馏水喝光。

“你怎么来了。”他歪了歪嘴巴，很想假装不经意地往我身后看。

“不用看了，她没来。”我斩钉截铁地说。

肖横听我这么一说，身子一震，但还在努力支撑，“你说谁”

“我说小眠！林小眠！你喜欢的林小眠！”

肖横看着我的眼睛，开始紧紧闭着嘴巴。良久，他常常舒了一口气。“谢谢你。”他说。

“谢我什么？”

“谢你说出了我一直不敢说的三个字：林小眠。”

“你知道不知道，你努力学习，跑步，一点用也没有？”

他点点头：“我知道，可是，我总想做点什么。小眠，可能喜欢优等生吧。你知道，我不会写诗。”他的眼神很落寞，我听见一向骄傲地肖横竟然这么说，心都要碎了。我终于再也忍不住再替小眠保守秘密，我几乎是对肖横用吼地说：“我说不用，意思是你不用做这些就已经够好的了。小眠她有病你知道吗？她其实喜欢你的，你知道吗？”

肖横先是楞住了，既而开心，然后又难过起来。好几种表情在他脸上变换，我琢磨不透。我跟他说了小眠的病，小眠不愿意谈恋爱的誓言，犹豫了一会，我说：“小眠……她希望我能和你……嗯，在一起。我也不知道她怎么想的，她乱配的。”我差点连自己的心事也暴露了，我不敢看肖横的眼睛，但是我想他知道。

良久之后，他对我说：“我们，恋爱吧。”

我呆住。但是没等他解释，我已经知道他是什么意思。

“好。”我说。那么干脆。可是，女人的天性让我终于忍不住还是问了：“到底，你有多爱她。”

肖横笑笑，只说出几个简单的字：“死了都要爱。”然后他把手重重地砸向寝室楼的外墙。“对不起。”我看见他张了张嘴巴，我知道，这三个字才是属于我的。

[再见，圣诞节]

以前我一直认为，相爱，就是要在一起。但是现在我终于明白，如果你爱一个人，不一定要在一起才会幸福。让小眠安心地走完她的路，对她来说，也许远比一场轰轰烈烈的恋爱，要好得多。肖横知道，小眠直希望我能和他在一起，她希望能够在她走之前，能够看到我们在一起。对于肖横，我肃然起敬。如果不是他非常爱小眠，他是不忍心这么欺骗她的。而我，又算什么呢。他唯一没有看透的，是我也有勇气和他做一样的事情。既然肖横要我假装和他恋爱来让小眠安心，我就听他的话，哪怕委屈我的尊严也无所谓。他可能从未想过，一个女人，必须要靠假装才能和她爱的男人再一起，实际上比不在一起还要残忍。

而肖横，终于能够因为我的缘故，开始顺理成章地留在小眠身边。

从那以后，我和肖横开始假扮情侣。小眠看见我和他的样子，也安心了，笑容多起来。虽然我知道，背地里，她的心也很难受，但是她在真心地为我们快乐着。校园里，总是出现，我一只手挽着肖横，另外一只手挽着小眠的场景。我夹在他们当中，似乎也能感觉到他们心意相通的情绪，他们总是一起跨出一只脚，一起说出同一句词，甚至一起笑出声。而我和肖横的恋爱关系就止步于牵手。但是我也满足了。这样子，就好像我在代替小眠在恋爱一样。我们终于达到了微妙的平衡。夏天过去，秋天又来了，仿佛我们三个人就一直这样走下去，仿佛可以这样一直走很久。

似乎我和肖横好了之后，小眠和书生的关系也就悄然地停止了。书生曾经有一次找到过我，白净的脸庞上多了好多乱七八糟的胡渣，"其实我也知道，小眠不可能真的喜欢我的。但是只要我跟在她身后，当时觉得也是快乐的。"这一次的对话，让我对书生另眼相看。"那你还写诗吗？"我问他。"写的，总有一天，我会写一本诗集。在扉页上写小眠的名字。"那一刻，他的眼睛闪闪发光，就像他自己写的那一首诗一样，东方明珠。

"那么，小眠，她快乐吗？"书生最后问我。

我没有回答他。因为我真的不知道。

但是圣诞节终于来临了。拥有圣诞阴影的小眠吵闹着要过一个热闹的圣诞节，还要去听五月天的跨年演唱会。这些日子，她越来越像一个小孩子，我和肖横表面开心，其实背地里都在暗暗担心。五月天的票子很难买，圣诞夜当天开始售卖，肖横逃课很早就去排队，我骗小眠说，他姐姐到上海来了，他去接她。

小眠的眼睛里隐约有些失落。上课前，她对我说："我很想去跑步，可以吗？"小眠轻轻晃着我的胳膊，用可怜巴巴的眼神看着我。"要是一个人连想跑步的时候都不能跑，那活着还有什么意思啊。"她用言语挤兑着我，开着没良心的玩笑。

"好。"我说，我带着她在操场上缓慢地跑着。她妈妈前几天打过电话给我："小眠最近要是说什么，你都答应她吧。"嗯，都答应她、全都答应她……

"跑步，真快乐啊。你怎么会不喜欢跑步呢？"小眠望着我笑说，"待会课后我们去吃炸猪排好不好。你叫肖横多帮我们抢几块吧。他那么壮应该能抢到的。"

"好。"我说。全都答应她……

"以后，我回澳洲去看我那边的老师，你们和我一起去好不好，我带你们去看那个游乐场，那个大大的翻滚列车。到最高的时候，会很接近蓝天的。"

"好。"我说。全都答应她。

"那你们的小孩要叫我干妈好不好？"

"好。"我说。全都答应她……

　　我们回到教室，却发现教室里的气球只挂了一半而已。有鲜红色的礼花从天花板上吊下来，刚好在苏老师耳朵边上，像是给他戴了一朵媒婆小红花，有人在偷偷笑着。我们坐第一排，小眠的头微微一歪，靠在我的肩膀上，"我很累，很累。"她的嘴角诺诺地挪动着。下午的阳光有些阴霾，毕竟是最冷的冬天了。而小眠，安静地睡着了，她的手从课桌上垂下来，发生了撞击的声响。

　　这是2004年的12月。如果还有人记得的话，很冷。

　　真的很冷。"圣诞临近百花香，一香送你摇钱树，二香送你贵人扶，三香送你心情好，四香送你没烦恼，五香送你钱满箱。"

　　而那个值得的人，不会让你哭。

[小眠，再见]

　　那以后，没人知道肖横去了哪里，只有我，每年圣诞和他互报平安。

　　几年以后，我跟随全家去澳洲度假的时候，我空出一天时间，独自去了当初小眠去过的那个游乐场。我想看看，小眠所说的那种接近蓝天的感觉究竟是什么。工作人员说，这已经不是澳洲最好玩的翻滚列车了，他们又建造出了新的玩具，更大，更刺激。而我还是坚持上了车，跟随乘客一起盘旋，上升，俯冲，尖叫……就在升空的某一瞬，设置好的相机快门，拍下了我夸张的脸。

　　我在领取照片的地方，看到了一张熟悉的脸孔。那是一张不知道什么时候拍摄的照片，肖横紧紧闭着眼睛，并没有像一般游客一样大张着嘴巴，我隐约看到他眼角有泪光，照片下面有一行小字，"我一次又一次地玩翻滚列车，在往上的时候，那么接近蓝天。为什么，为什么我一次都没有看见过你。"

　　我把我的照片贴在他旁边，我写着："小眠，我很久都没有吃过炸猪排了。真的，很久了。"照片里，我嘴巴张很大，我终于开始快乐起来了。

　　碰巧，那又是一个圣诞夜。但我们没有再见。

　　>>>151-end

休眠的行星

Written by 消失宾妮
Artworks by adam

1

未料到的是，在雨季来临的前夕，自己会递出那封情书。以及次日撑伞在十字路口等待时，绵绵细雨润湿了自己捏在手心里的那张写着"无论如何，请当作没看过那封信，拜托你了"的字条，却不见那个人按照每日必经的线路出现。

以及——

在自己怀着"告白失败了吧"的这个夏日清晨，当自己在教室门口抖落伞翼上的雨水时，身旁的人谈论着的话题。

"听说昨天四班的男生出车祸了？"

她门口旋转着伞柄，雨水向四处飞去。

"别说了。好可惜。当场就去了。"

"听说家里也不关心他，直到半夜才知道人死了呢。"

她将伞收拢来。哗啦作响。

"名字？"

"四班那个有名的闷罐子啊。"对方稍稍停顿，"林望夏。"

江晴抬起头。似乎，雨季是从这日凌晨来临的。青涩、汹涌的气息，如同空气之中涨起的潮水，在伞柄收拢的那刻，忽然全数落在了江晴的眉目间。手中未曾来得及"后悔"的字条，在顶头处是自己小心翼翼写下的对方的姓名。

至。林望夏。

2

认识他是在雨季。

两年前的午后，自己撑伞从河塘经过，就看见他坐在那里。自己当时正从书店里出来，怀里抱着两本占卜书，满心欢喜的从他身后经过。雨不大。他没有撑伞。短发上结着晶莹的水滴。他坐在河塘边，看着水中一

个一个滴落而成的圈。

"靠边靠边！"

发呆时，河岸狭窄的路面有大叔骑着自行车汹汹而过。江晴赶忙往旁侧的堤岸间跑去。然而忙乱之间，怀里的书就这样落至浸透雨水的地面。但是因为自己身着短裙，又拿伞又提着一只小包，此刻大雨倾盆而下，她顿时不知应该先做哪个步骤。

直至那个孤零零的少年站起身来。

雨哗啦啦、哗啦啦的下着。被水汽笼罩着的世界，叶有着清淡的绿，街道上仿佛生出透明的氤氲。以及少年身上，都仿佛缭绕这薄薄的雾色，挽住了他眉角忧郁的起伏。

"给。"

少年拾起书，递给矮过自己一头的江晴。书的名字是——《属于你的星星的轨迹》。递交的瞬间，他却忽然有些迟疑，"这本书……嗯，能帮你找到属于自己的星星？"

后来许多次梦见望夏，都是那时的场景。自己将伞沿抬高，努力想要去看少年湿润的面孔，却看见他忧伤满目，雨水将他的发梳理成缕缕丝丝。额前那一缕，圆润的水滴顺着自己内心的惶恐落了下来。

"是的。属于自己的星星。"

话音落处，自己没有伸手拿回书。

而是自己不知从何处而来的勇气，竟踮起脚将伞举过了少年的头顶。雨伞所笼罩之处，在雨水下悄然而生一个世界。而自己当年就这样轻易地，将这个人划归到内心深处的世界里来了。

"谢谢你呀。"

3

果然是从那个时候开始的雨季呢。从望夏去世的那天夜里开始，这座城市就被浸润

在雨水之中。地理课，江晴伏在地图册上，眼下是花花绿绿的世界线条。夏季前夕黄梅雨带，在地图上看是道狭长的伤口。而自己的世界从那日起就被覆盖在了伤痛之中。

极红为高处。

深蓝为沧海。

"江晴。"邻桌小心翼翼地唤她，"别走神啦。老师盯着你呢。"

江晴抖擞起精神直起身板。隔壁班四班传来齐声朗读课文的声音。四班，望夏所在的那个班。顺着墙壁流淌过来的字符，像是整篇的密码。从前望夏在的时候，自己会使劲地去听着各式音节里属于他的那个起伏。

听得到也罢，听不到也罢。

秘密不在那里。

而是在内心里有个契合他的位置。

声音若响起，那个预留出来的空处便被他落寞的声线所填满了。

那句话是什么来着？

那个时候，他在伞下问自己的那句。

——"那你能帮我找到属于我的行星咯？"

4

在那之后，名叫林望夏的少年应约而来，寻找属于他的行星的位置。

"太阳与月亮都落在摩羯座呢。"江晴利用生日、出生地、时间等等一系列的因素，以自己半吊子的能力计算出望夏出生那一刻，天上的行星所排列而来的那个位置，"你很闷、很固执呢。"

这不完全是计算出来的。

在第一次遇见之后，偶尔在隔壁班发现了他的身影。形单影只在教室的角落。阴郁的个性。没有什么流言，亦没有什么风语。所有的打听都是以"是个很闷的人"为回复。倘

若想询问更深一点"那家庭呢？"

同学在大脑之中索引一遍关于"望夏"的种种，最后只得摇头："不知道呢。"

直到他忽然跑来向自己询问行星的位置，告诉了自己他的生日、出生地，等等等。

"在C镇出生啊？"江晴想了半天，"离这里好远哦。"

"嗯。大山里面，空气很好。"少年俯下身来，"夏天没有这么长的雨季。"

关于他的种种由此被烙印下来，变成心底不灭的印记。C镇。在那里长大至九岁。而后被母亲带到城市。一直辗转颠簸，至如今。

其实算命盘不需要问那么多，但是自己却滥用私权扣留下属于他的一切秘密。例如。他那些鲜为人知的过去。例如。少年忧郁时仰起面容，发丝柔软地遮住眼帘。

"还有没有？"他在询问着关于"属于自己的星星"的秘密。

江晴悄悄收回自己打量的目光。

在十二颗星星所归属的十二宫，少年的秘密仿若悄然打开。然而自己只是个半吊子的占星师，只能挑选着自己看得明白的星星去知晓他的一切。就在自己对照着书籍翻阅着星星们的含义时，出乎意料的解释却出现了。

5

"幼年家庭不幸。"邻桌飞快地传递着自己听来的消息，"据说出门前一晚是和家里吵架了。所以在路上出了车祸也没人追回。家里根本什么都不知道呢。"

江晴心里一惊。

惊讶的并非"家庭不幸"。因为在两

年前算命时，自己就从书上查阅到了这段艰涩的过去。那时少年忽然低下面孔，看着她手指指向的段落。星星轻易地预示了他的过去。

但是江晴有些后悔解读了这颗星星的秘密。

她并不希望他是这样晦涩阴暗的少年。

"对不起啊，我不知道……"

"真准呢。"少年却笑了，"我父亲……确实一早就去世了。"

事到如今江晴也记得那天他的样子。他忽然伸手揉了揉自己的额发，叮嘱她"没关系"。而自己靠着窗台继续听她的解读。那时窗外的光线斗转星移而过，由亮至暗，而自己竭尽所能地从书本上找寻属于他的星星的解答。

然而少年终归默默不语。

只是"出门前一晚和家里吵架"让江晴始料未及。在连日以来的回忆之中，心里惦记的已不是"生死"，而是"他在离开之前，是否知道自己的心意呢"。倘若他那日平安地回了家，而后打开了书包，看见自己偷偷夹在了交还给他的作业本里的情书。

那么，他会不会按照情书上的约定，给自己答复呢。

但是所得到的结果，却是自己无法预料的。

——"无论如何，他挺可怜的呢。这样年轻就去世了。"

邻桌撑着下巴，仿佛在回想那个身影单薄的少年。

6

从来不知道为何他会想知道星星的秘密。

"我一直觉得只有我这样的女孩子才会

感兴趣呢。"江晴总是在河塘边找到离家出走的望夏。为了排遣他的优柔，于是找些话题和他聊。

"人都会想知道未来吧。"

少年往后仰去，双手枕在脑后，睡在河边。

"星星知道我父亲在我小时候过世，那是不是也能算出我将在什么时候去世？"不久，一旁的望夏忽然开了口。

"唉？"

"不能？"

"理论来说都能吧……"江晴顿了顿，"但是哪有人要算这个的？"

望夏仿佛笑了笑。而后又闭上眼。坐在一旁的江晴看着他睡着，问题仍旧隐忍在心。其实自己大约是知道一点的。从各式各样的途径。聊天啦。打探啦。算命啦。从细碎的线头里理出了望夏的种种。

小时候随爷爷奶奶住在乡下。父母离异，而后父亲一早过世。仿佛还是因为母亲的原因，累及爷爷奶奶生病。最后不得已又随母亲来到城里，寄住在继父家。继父还有个小儿子。而自己完全是个外人的状态。

江晴看着望夏。真好看。她忽然有种偷偷拿出手机拍下的念头。

"别拍。我没睡着呢。"他张开眼，"据说睡觉时拍照会把灵魂带走的。"

江晴只好收回手机。

"要拍也可以，回答的问题让我满意就行。"望夏站起身来，拍了拍灰，又蹲下来看着江晴的面孔，"怎样？"

"什么问题？"

他的面孔在江晴眼前，咫尺间。削瘦的脸，忧愁的眉，眼角藏着雨季般湿润的情绪，嘴角的弧度刚刚好描绘出他淡泊的气质。

"你觉得活着的人比起死了的人，就一定是幸福的吗？"

7

在未思索出答案之前，每天只在学校偶尔照面，看见他站在走廊的窗口前发呆。他身边空空落落，没有属于"好朋友"的位置。

他总是一个人。

好像想得多了，那个人就会入住到自己的脑子里。无时无刻不在。总是在想着他所提及的那个问题，若不是他问起，像自己这样的人恐怕一辈子都不会去思考。而后偶尔经过他所居住的地点，看见他的弟弟在窗台上扔纸飞机。

一个回旋撞上自己的脑袋。

"哈！命中！"

小孩子居然还是故意的。

总以为听见自己的叫苦声，该有个家长什么的出现，应声责备两句孩子。然而自己站了一会儿，只等到小孩子第二只飞机又直冲着自己的脑门儿而来。然后没等到伸张正义的大人出现，自己倒先是落荒而逃了。

后来在河塘边经过时，江晴忍不住向望夏吐了苦水。弟弟啦。两只纸飞机的仇恨啦。身为被连续攻击的可怜路人啦。江晴绘声绘色地说，而望夏睁大了眼，最后只落得一声轻笑。

他伸手过来揉着江晴被攻击的脑门儿。

"这里？"

好炎热。
那是夏天。
蝉虫齐鸣的夏天。

少年一边揉一边解释着。

"弟弟性格不大好，可是没人管得住"、"我也没办法"、"他不听妈妈的话，因为有我这样一个别处来的哥哥，他觉得妈妈不是好人"、"他爸爸觉得他想得对"以及最后的这句"所以，你别怪他了"。

少年以掌尾抵着自己脑门的硬骨，缓慢旋转。

空气里蒸腾而上的热气与汗水，还有在夏日的河塘边呱呱叫着的青蛙们，还有少年掌间轻柔的频率。让江晴在那个夏天的时候，忽然有了无法抵抗的晕眩感。

而后来发生的事，江晴也从来不敢忘记。

少年低声解释了一连串之后，自己忽然扭过头去。

"好累啊。"

他忽而闭上眼，深呼吸一口。

"我有时候觉得，像父亲那样也挺好。"他笑一声，"去了另一个世界，这个世界里的凌乱不堪就都可以一次抛下了。"

纵然语气淡如云薄，但那情绪却终归伤了在一旁旁听的江晴。

8

在望夏去世后，江晴偷偷去了望夏的住处。

那个调皮的孩子仍旧在折着纸飞机。江晴在楼下等着纸飞机飞出来打着自己脑门儿。落下一封，她便打开来一封，果然自己没有猜错，这个小孩儿已经迫不及待地将自己哥哥的作业本撕成了漫天飞翔的纸片。

就这样落一处，捡一封，一直到夜里。

男孩看着窗下古怪的姐姐一直捡着自

己的玩具，他不乐意地收了场。而江晴将纸飞机们捧回了家，夜晚躲在家里一封一封打开，叠好。各式各样的笔记，作业，涂鸦。

所有他零碎的字符。

一开始只是希望，能在其中找到自己那封情书。

明明知道不可能，也希望会在废纸上看见他给自己的只字片语。然而他干净利落的世界里，布满尘埃与遗弃，却始终没有为她预备的话语。

也许，他至离开这个世界也不知道自己的心情。可是即便他已要离去，江晴也仍然希望他能够看得见那上面的字符。

9

升上高一之后，他仍旧在四班。江晴又在隔壁班。

不得不说是巧合。

那年望夏长得特别快，江晴撑着伞恐怕踮着脚也难以逾越过他的头顶。后来便换作了望夏撑伞。那年，望夏脸上总是多了几处瘀青。

江晴猜得到大概的原因，却不敢问。

放学时，在十字路口，望夏停了下来。

"陪我去河塘吧。"望夏笑着说。

"好。"

也没有因为所以，两人就这样坐在了河塘边。大雨落至河塘中。一个圈、两个圈地散开来。像是蛊惑人心的漩涡。扩散，而后消亡。又似乎是命运的轨迹，以轮回之圆为形状，不停在重写。

"好像第一次见你就是这种天气，在这里。"

江晴先说了话。

"嗯。"

望夏想了想，将伞递给江晴，自己落入雨中。

"你做什么？"

"这样才比较像那个时候啊。"少年又往旁边挪了挪位置，"你应该拿着两本书的。"

江晴从书包里拿出小本的杂志。望夏觉得不像，于是又从自己的书包里拿出白纸包成简易的封皮，然后在上面写上——《属于你的星星的轨迹》。

"这样就和当时一样了。"望夏补充着，"无论什么，都一模一样。"

如果只是时间、地点、人物的话，那还不算是一模一样吧。莫非连坐在这里的原因都和第一次见面时一样吗。那么，在彼此第一次见面的时候，他落魄地坐在雨中，是因为和现在一样的与家里发生矛盾吗？

江晴撇过头去。原本只是为了让他开怀而说的话，最终又引上了他痛苦的话题上。可他苦楚而又不愿说出的秘密，却让江晴始终无法再靠近他一点。在漫天雨水之中，她只能将伞试着撑高一点，努力将他囊括到自己可以保护的世界里来。

可是他大概是不知道的。

不知道越举越高的伞的含义，不知道江晴坐在一旁，举着伞，手很疼，心更难受。他只是发现江晴努力举着伞，奋力的模样像是只兔子似的。而后他伸手接过她的伞，朝她温和地笑了起来。

然而自己的大半个身子，却始终在伞外面的世界里。

10

在望夏过世的第三日。整个城市仍然落雨不停。周五的时候，四班的班会忽然传来了低沉的哭泣声，让江晴所在的班在自习的学生感到一惊。

然后是葬礼，然后是遗忘。

对外宣称的种种都是望夏因为交通事故而离开人世。然而这一季雨季仍然没停过，江晴仍然不能淡忘这个人的种种。

撑伞在小路间走过，会情不自禁把伞举高来。

江晴停留在路口，试图去记起望夏的身高。

"是这么高？"

自己再踮起一点。

"还是这么高？"

11

最后一次和望夏见面，是在出事前一天。校庆日的当天晚上，学校里在放烟火。在人群之中习惯性地查找他的身影，可是找到的时候，却是他坐在操场旁。

江晴走过去，往他肩膀上一拍。

"嘿！"

然而望夏却忽然一斜身，摆出一副吃了痛的姿态。他那日穿着宽大的校服，遮盖起身上的伤痕。当他疲惫地回过头来，发现那个偷偷袭击他的人是江晴时，望夏却故意抖擞了精神，站了起来。

就在那时。

天空燃烧的流火，被投往广袤的宇宙深处。然而未及触摸到之外的世界，就迅速地消亡于黑暗的天空之中。那些覆盖了一切的声响，将这样两个从未走近彼此、又这样希望着走近彼此的人的声音深深掩藏了起来。

天空炸开第一朵花。

幽然的蓝，如丝零落。

"你怎么了？"望夏的声音在轰鸣之中仍然那么分明，"我没有事啊。"

第二朵花被高高抛上天空，绚丽盛开后，隐于黑夜。

火光却只映红了江晴哭红的面容。

在接连而来的声声轰鸣之中，望夏伸手替江晴抹去眼泪，在巨大的爆炸声中大喊"怎么了"、"你怎么回事啊，为什么哭啊"。

可是他无论如何都听不到江晴在喧哗中轻声说出的字字句句。

全宇宙只剩下天空里反复爆炸的轰鸣声。

12

那是最后的照面。在暗夜下，大地被天空坠落的流火照亮。她抹去眼泪看着眼前满脸疑惑的男生，自己忽然扭身离开了这个地方。花火继续被抛至天空。

一直以来默默陪伴，却最终变成了无法歇止的情感。升空时明亮，坠下时黯淡。如此交替着，让她这一路上燃燃灭灭的光，如同内心深处那个闪闪烁烁着、希望被点燃的愿望。

即使不能告诉你幸福的方向，那么自己来给你幸福可以吗。

于是第二日。她将自己两年来的愿望都寄托在书信间，夹杂在课本里，托人递给了望夏。这是趁着勇气还在的时候，唯一递出的、渴望回复的心情。

江晴还记得那个夜晚。在她等着望夏回复的那个夜里，大雨忽然下了起来。她把自己的手机号码留在信间，等着男生给他一个回复。然而那夜的雷雨辗转而来，声声袭往她内心的优柔，时光就这样悄然而去。

江晴等着等着，觉得有些倦。她伏身将自己埋入臂弯，窗外潮湿的雨水向她扑来，这气息如同两年前她与望夏初见的那天。

梦里是。大雨。河塘。少年单薄的身影。他拾起星星的轨迹。

13

仿佛，在这个学院的每个人都记得。今年的梅雨季，从那个男生去世那夜开始。熙熙攘攘的大雨，一天接连一天，仿佛为着某颗遗落的行星在哀悼。

然而在那个叠纸飞机的男孩的记忆之中，这雨季如那桩事故一般来得那样恰恰。那夜，自己从哥哥的书包里拿出课本叠纸飞机。一封，两封，三封……然而叠至某封信时，却出乎意料地被哥哥阻止了。

他又哭又闹，惹来了父母的关心。

然而哥哥只是静坐在那里。他看见哥哥看着信，原本冰冷的面孔变得酸涩苦楚，仿佛终于找到了属于他的那颗行星。他看着哥哥忽然打开手机，想要打电话。

这表情之中微妙的变化，让自己有了未知的不满与痛恨。

他打掉了哥哥手中的手机。

被摔坏的电话，来不及拨打的号码。

哥哥忍不住生气。弟弟大哭。

父母又赶至房间之中。而后争吵，推挤，打骂。夜晚降临在狭窄的小房间内，然而那颗没有归属的心此刻却并不惦记这一切，因为他已经找到了属于他的那颗星星。那个名叫望夏的少年，最终在责骂声中离开了家。他怀里揣着那封属于他的星星的信件，迫不及待地往对街的电话亭跑去。

宇宙仿佛就在咫尺。

跨过去，周遭如墨般浓烈的黑暗都将不见。

14

只听得，"碰"的一声。

仿佛是道路上某桩引起慌忙的事故。

或者，只是被大风吹动，在窗口扑翼欲飞的窗。

也或者，是朝着希翼的方向运行着的行星，因为路途中因意外而脱离了轨迹，向苍茫黑暗的宇宙中飞去。

15

江晴从梦中醒来，才发现雨已经下得这样大。她关上窗。在低头的瞬间，她看见桌面上摆放着那本有着望夏字迹的《属于你的星星的轨迹》。那夜的大雨将他削瘦的字迹渲染开来，成了模糊不清的黑色花朵。

仿佛被云雾缭绕的深山，亦如被黑雾缠绕的国度。

"这个时候，不会再来电话了吧。"江晴将书本收好，而后提笔写下另一封字条。她将挽回的字条妥善地收在书包里。内心之中那颗原本按照着自己所期望的轨迹运行的行星，在长时间的等待与无回应之后，终于走向了自己所不期望的那个终点，并将在那个地方，永远休眠。

那里什么都没有。只有自己深藏的秘密与无法被回应的爱。伴随着雨季的到来，而被淋湿成疼痕的心情。

"但愿，明天能见到他……他还愿意见我。我们还是好朋友。"

休眠的行星啊。

这是江晴的最后一个愿望。

>>>15|-end

迷宫梦鱼 一年年 118

尘封家书 扫把 + 大把银子 110

绘日描金卷

尘封家书

图/扫把 文/大把银子

亲爱的孩子：

　　当你看到这封信时，你已经完成了一生的工作。

　　此刻，你一定会用惊讶的目光打量四周。那些书架的数量是那么庞大，一个接着一个，一圈围着一圈。你无法仰视书架的顶端，那是你坚硬的背板不允许触及的高度。

　　当你向前方眺望，你看见连绵不断的参天巨木，延伸，缩小，消失在你永远无法抵达的地方。在这片浩瀚的海洋里，你的位置在哪里呢？你前进到了第七圈的古典艺术浮雕部分，还是停留在第三圈的土壤微生物学？我得承认，土壤微生物学更令人愉快。如果黎明前你仍有时间，也许你可以翻翻插图，这样你就可以了解我们真正的生活，曾经的故乡。

你不愿相信我所说的一切。你认为工作才刚刚开始。

也许你已经将几柜羊皮纸印刷的古老书册编目，你细细摩挲过每一张精美的封面，书页中泛出的油墨陈香与时间感让你怦然心动；也许你刚刚修补了一整套手绘的古董书，你为那些无法消除的泛黄、褪色、污渍、凹痕而难过，你希望自己拥有神奇的魔法，能在一瞬间让残破的书衣完好如初、光彩夺目；也许你仅仅清理完一排杂乱的书架，将站错位置的图书分门别类，等待小憩之后将它们送回原来的位置⋯⋯你爱上了那些橡木、枫木、桦木、樱桃木、白杨木的书架，你贪婪地吮吸它们芬芳的味道，欣赏它们精致的纹饰⋯⋯

你在这个庞大的世界里流连忘返，你希望终其一生与它相伴⋯⋯

亲爱的孩子，你会实现这个愿望。

你无数次抬头望向窗外，奇怪为什么总是黑夜。你嘲笑自己废寝忘食，每天工作到夜幕降临。然而，你开始感觉疲惫。你的外壳已失去光彩，你的触觉已不那么敏锐；你戴上了眼镜；当你上下书梯时，你的腿会微微颤抖；书架的缝隙间流动的冷空气令你的关节隐隐作痛；三本馆藏目录的重量已足够吃力⋯⋯你计划好好休息，你来到这个温暖的角落。这里有一株美丽的绿色植物，它宽大的叶片让你感觉舒适，然后你看到这封留给你的信。命中注定，就像在你之前、在你之后的成千上万个家族成员一样。

　　亲爱的孩子，你已经完成了一生的工作，你成为家族新的骄傲。家族——对你来说，这是一个陌生的词汇。你认为自己孤身一人，唯有书籍相伴左右。

　　不，不是这样的，孩子，在你的身上，凝聚着整个家族的爱与希望。

　　亲爱的孩子，我们都是象鼻虫家族的一员。但我们的生活并非与泥土相伴，我们肩负特殊的使命。唯有我们，能让古老的东西重新焕发光彩；唯有我们，能让无形的财富不被遗忘、世代流传。不知从什么时候开始，我们的祖先离开了赖以生存的土壤。也许是因为他们找到了更有营养的"土壤"，也许是他们的头脑里忽然响起了一个神秘的召唤……我们不知道启示从何而来，是谁改变了我们的生存方式。自此以后，我们的每一代都在图书馆的角落诞生，又在图书馆的角落死去……

是的，死亡，你即将面对的死亡。

你对死亡感到恐惧吗，孩子？

你留恋现在的生活。你不甘心就这样离去，尽管你已筋疲力尽。

亲爱的孩子，我该怎样向你解释我们的一生呢？时间对你来说，是个什么样的概念呢？也许你从没考虑过这个问题，工作消耗了你的大部分精力；而且，在图书馆这样的地方，时间是个多么模糊的背景啊。每一本书都有自己的时间，遥远的古代、充满瑰丽色彩的文艺复兴时代、令人热血沸腾的神话时代……有的书厚得像砖头，有几千万个字，然而只讲述了一天的故事；有的书薄得像菜单，短短的文字像鱼子酱一样围绕着生菜叶子似的插图，然而却记录了整个宇宙的历史。有的书仅仅花了作者一个礼拜的时间，新鲜得像刚出炉的面包；有的书却消耗了无数人一生的心血，沉重得像一块铸铁。

时间是什么？怎样才能将时间的节奏准确地表现出来？什么是长？什么是短？时间会因为我们决心珍惜它就变长吗？会因为我们忽略了它的流逝就缩短吗？是谁用时间来分割我们的生命？为什么人类的一生可以长达100年，渡鸦能飞70年，松鼠能活20年，金龟子能活两个月，别的象鼻虫能活3个星期，而我们，特立独行的一支，却只能生存一天？

现在，你是否已经明白，为什么窗外总是漆黑一片？为什么没有一个借阅者前来？因为你将在黎明死去。白昼会孕育新的生命。它将在傍晚出生，在黑夜工作，在黎明死去……这就是我们的命运。我们的家族世世代代守护着这座图书馆，我们的血液里流淌着神秘的编码，我们是天生的图书管理者。这座图书馆由谁建造，谁选择了我们，也许你永远也不会知道。但我会告诉你，亲爱的孩子，无论如何你都不能逃避命运。

命运就像一条河流，任何堤坝也挡不住它流向大海。它不取决于我们，唯一取决于我们的，是用什么方式在这条河里航行。

祝贺你，亲爱的孩子，你已经成功地行驶了自己的里程。你为这个世界上最宝贵的财富——书籍增添了新的光彩。现在，你累了，你不想再站立。你背靠着植物的茎干，你感到一阵舒适的困倦。

不，还不到入睡的时间。你必须登上一个窗台，任意一个，欣赏一下晨光初

露的美景。你会看到阳光悄悄潜入窗户的缝隙，沿着墙壁与松木地板静静滑行。你会看到第一缕光线投向第一排书脊，照亮第一个名字。柔软的光柱里有小小的东西在飞舞，那不是尘土，那是书的灵魂，或者是文字的精灵……当晨光如潮水般涌来，阴影一格一格地被洗去，巍峨的书山清晰呈现，你将真正意识到自己的价值——你为什么会在这里。你将自己的一生贡献给了多么伟大的事物。

也许这样巨大的财富本不该被独占，所以，我们的祖先以子子孙孙的寿命为代价，换来了一天的占有。

暮生朝死，辛勤工作，形单影只……亲爱的孩子，我们猜想，你也和我们一样，认为一切都是值得的。

你真的累了，你忽然无比想念绿色植物上那个精致的叶苞。那是你出生的摇篮，它会以同样的柔软接纳你虚弱的身体。亲爱的孩子，再坚持一下，再看一眼窗外，那里有一个更加灿烂的，真实的世界。原谅我们无法向你描述你将会看到的东西；因为我们中的每一个，都只拥有一个短暂的黎明啊。

　　亲爱的孩子，此刻，你应该听见了脚步声，那是你的借阅者。他将在这里流连忘返，他会赞叹分类的准确、排列的整齐，也许你还能听到他找到自己心仪的书籍时欣喜的叫喊。他们从不知道你的存在，但你却想看看他是谁，是人类还是狐狸，是男还是女，是高还是矮，是魔法师还是留着长胡子的狒狒……是谁在享受你一夜的劳动。但你做不到了。你真的累了……

　　对不起，亲爱的孩子，还有一件事你必须完成。在你身边的书架上，有一本小小的书。它没有装饰，没有名字，就躺在书架第一层的角落，最靠近你的地方。当你打开它，你将看到我们曾经来过的痕迹。请你在那一串长长的名单后写上你自己的名字和生日，这就是我们的作品，一本永远也读不完的书。

　　好了，孩子，你可以休息了。
　　当叶苞合上的那一刻，你会为下一个新生命祝福，就像我们为你祝福一样。
　　命运的开端已经被遗忘，而终结又无人知道，唯一剩下来的，就是方向。

-The End-

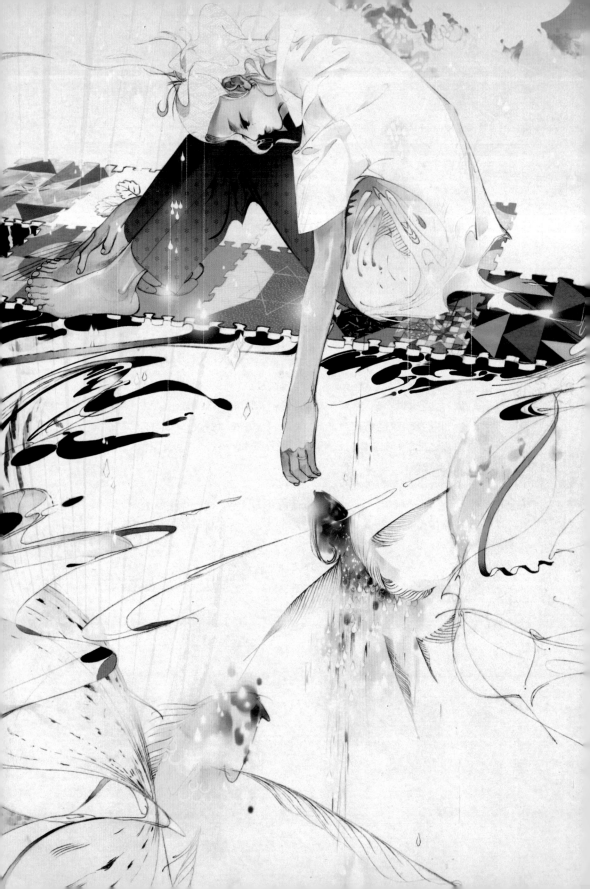

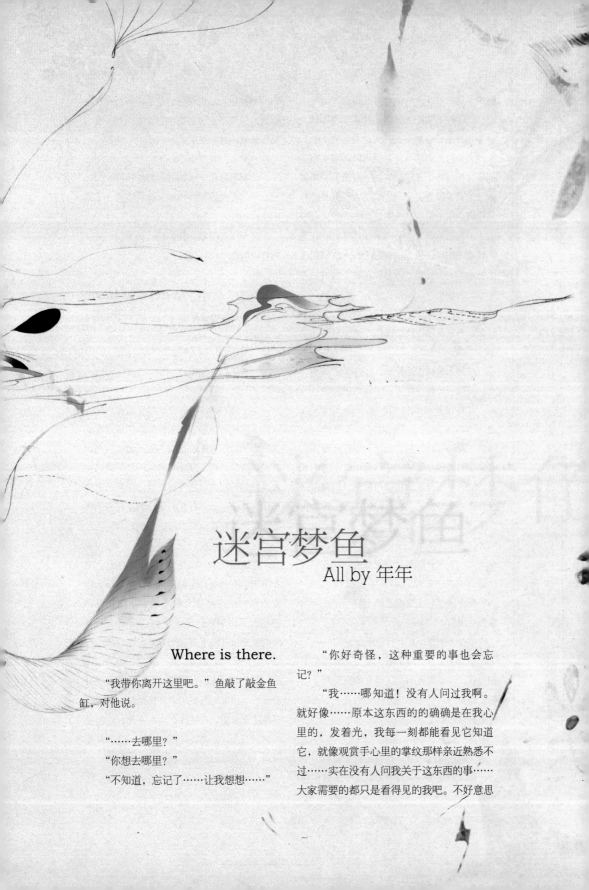

迷宫梦鱼

All by 年年

Where is there.

"我带你离开这里吧。"鱼敲了敲金鱼缸，对他说。

"……去哪里？"

"你想去哪里？"

"不知道，忘记了……让我想想……"

"你好奇怪，这种重要的事也会忘记？"

"我……哪知道！没有人问过我啊。就好像……原本这东西的的确确是在我心里的，发着光，我每一刻都能看见它知道它，就像观赏手心里的掌纹那样亲近熟悉不过……实在没有人问我关于这东西的事……大家需要的都只是看得见的我吧。不好意思啊说了这么多，你一定觉得很闷。"

"……是蛮闷的。人们经常喋喋不休之后都加'不好意思'，其实这最假的了啦！明知会令对方闷那一开始就可以闭嘴了嘛。这样光把对方当成一口井，一股脑儿把带着抱怨的石头投进去后就完事走人！甚至连井底回声也懒得搭理！太多这样的人找过我说话了，我不清楚他们是对着我还是对映在鱼缸玻璃中的自己来说话。因为我无法回应或影响他们……我看上去总像永远不懂得思考和记忆的是吧！"

"……………………实在对不起……不过么，一开始是你找我说话的啊……"

"哦——是的！"

"那么说我才是井呢。你这家伙！"

"咳……好了好了，你究竟想去哪？"

"你说到井我就想起了，是大海，海边。"

"呃……你知道，如果我就这样带了你去，那对其他花了钱、在路途中花了时间和精力的人可不公平，也很奇怪呢。但我可以带你去一个非常非常接近海的地方。握着我的手，来。"

"喂……不是吧……"

"一直嚷着要离开要去海边，却不相信海是存在的——哦或者你不相信我？不舍得？那你永远坐在这旧坐垫上好了，永远不会到达海边。"

"……倒想不起有什么舍得的……"

"那手给我，闭上眼，反正么要是你不相信我，顶多暂且当是我给你的玩笑好了。等会你将到达另一个地方……但是，千万不要走进它的中心。"

"啊？"

"我也没办法呀，我只是说接近海的地方，但那终究不可能成为海就是……欸你明

白的吧我也无法说得更清楚了。不会在那呆很久，只要不走进它的中心，时间到了你自然而然就能返回这里。"

"嗯……我答应你。"

"啊不过你怎么知道我想离开？"

"你看上去很疲倦呢。像快要被什么东西吃掉的样子！"

"……等等我！我怕饿、带上饼干先！超好吃的这个梳打饼！"

Where is here.

金鱼的鳍离开他的手后，他睁开眼睛。

"喂——！有人吗？"

——连回音也没有。

这个地方很冷清，跟他梦里惯常看见的一样。被远方静静平躺着的几条仿佛象征山峦轮廓的弧线包围的这里，分不清时辰与四方，不清楚视野所及的哪些东西是可以切实被碰触的，哪些只是气流幻成而即将消逝的形状。唯一能确认存在的是，延绵开去的稀疏的井，散发着幽暗的光，如在无力叹息。

他走近其中一口井，探身往下细看，除去黑色，不，也许连黑色也不存在，什么也看不到——连井也没有用处。刚想起身，忽然听到声响——来这里之后第一次听到声响，来自井的下方。细听，水声？风声？不对，声音空旷很多，并一遍又一遍来回往返，前一遍被后一遍覆盖。曾经在哪里听过——电视里的海潮的声音！他瞪大眼睛兴奋地往下张望，依然什么也看不见。他起身跑到别的井口，逐一试探与确认，每个井都传出一样的海的声音，无分远近。

这就是鱼所说的"非常非常地接近

海"？

原来必须俯下身才能听到声音，他屏息敛气听，直至错觉自己闻到了海风味道的很久以后，终于疲倦靠井壁坐下。于是世界又重新只剩下他的呼吸声。只有我知道这里？——忽然很想告诉别人，不知道哪里还存在着跟他一样渴望着海的人，希望能让对方也来到这么一个神奇的地方。这样，至少多一个人跟自己一起听"海"。

为什么渴望别人参与？不只是接近大海就够？想不通。

拿出裤袋里的梳打饼，即使已经小心地吃着，其被咬断的声响还是清晰得可怕，跟饼干碎末掉在地上的声响一起，与呼吸相互焦躁地追逐着。

——没有发生改变，我还是离大海好远好远……

他内心不自觉地把句尾的"好远"一直一直重叠下去，不清楚叠了多少次，多久。

像把一切静寂吸入肺腑；

像把世界的无数拐角堆放一起；

像把同一个句子向无数井口反复倾诉；

像把一个又一个一模一样的自己叠起来。下方的未必是前一刻的自己，上方的未必是后一秒的自己。

孜孜不倦，喋喋不休，数不清楚，浑浊不堪。

饼干吃剩两块，放在地上。

"嘀嘀嘀嘀–嘀嘀嘀嘀–嘀嘀嘀嘀–嘀嘀嘀嘀……"

忽然家里闹钟的声音从山峦的另一头传过来。声响从一开始不易察觉，仿佛骑在隐形的飞鸟背上，悄悄和着飞鸟叫声，掠过山头，到后来越来越近越来越大，直至他开始耳鸣。他慌张地四处找闹钟，想要关掉它，要是这样一来便回到原来的世界原来的坐垫那也无所谓了！地上没有路边没有井旁没有、井内壁没有！声响却越来越大！他忍不住无助地闭上眼跪下来捂住耳朵，却在膝盖碰到地面的一刻，响声突然终止。逝去的响声仿佛带走了其后一切声音发生的可能性，四周比刚才更寂静。而他无法反应过来，依然维持着闭眼捂耳朵的姿势。

他就维持着那样难看的状态好久好久。寂静与他的思考一起渐渐变得浑浊，在他上空积出淤泥般的云，被依然在流逝的时间的脚一次又一次践踏得肮脏不堪。

在他意识到的时候，发觉自己正在流下泪水。他不承认是哭泣。但泪水还是以有生以来最汹涌的姿态释放出来。渐渐地他似乎是迷恋其中的，又似乎有另一个自己张望着这个狼狈的自己，慌张得无计可施。

巨大又陌生的恐惧感完全消耗掉他刚吞下的梳打饼，他不得不用双手支撑地面。

哭出了压抑长久的呕吐般的声音。

最后连眼泪也流不出来，只剩下听起来奇怪的干呕声。

Where is he.

不想再呆在这个看见了自己狼狈样的讨厌地方。

"喂——找到你啦！时间到咯~跟我回去，手！"鱼出现在他右边。

沉默在持续。

鱼的鳍不断拍他肩膀催促他。

他忽然起身连前方都没看清楚就跑起来。

鱼惊叫起来："混蛋！不跟我走你会回不去的！"

不想再呆在这个看见了自己狼狈样的讨厌地方，但也再不要回到原来的地方！

讨厌等待！厌倦只懂蜷缩起身体来臆想一切！

然而并不知道可以逃去哪里。

确认鱼追不上来后，他跌跌撞撞地走起来，并或每个看上去都一样的拐角对他已经毫无意义。无目的地逃亡，哪里都一样。不清楚走了多久，气流在不知不觉中变暖。

拐角越来越频密，路面越来越窄，并不知何时已消失不见。前方渐渐有了风，风仿佛带来光，也是暖和的，用力深呼吸，就像往昔自己还不曾一个人时的暖和。

而"还不曾一个人"，真的发生过？

某一个拐角后，景象豁然开朗。

耀眼的光线扑面而来，让他只能勉强看见视野中心一点点逆光的形状。

有一个人躺在那里，脸转向另一面，灯泡孱弱的光线围绕。他在望着什么。

"你好。"光线震动成在身旁缓慢流动的曲线，传来似乎是那个人的声音。

他沉默。

"其实……等了你好久了咯。"

"……你一直在这里？"他吃惊，本以为这种地方一直只有自己一个。

"什么话，本来就是我的地方。一直住着一直住着，你是第一个来的人。不过我有叫鱼不要带你来的……虽然我一直希望你来，我好自私……"

"……不懂…………不过我不要再回去了。"

"海很美，对吧。"

"欸？……没亲眼看过……"

"我指你心里面的海啊，我常跟鱼说，你心里的、是不是跟我的一样呢？"

"……蓝色的水，白色的沙，咸味的风，阳光也许有，没有也没关系……这样吗？"

"你要确认？我正在望着自己的海呢，你要不要过来看一下？"

他于是一步一步走过去，尚未看见海，与来自井下一样的惬意的海潮声却越来越近。

"……如果你确定不想回到原来的地方。可以用我的眼来看。"

他走到那个人身边，犹豫了一下，俯

下身。

海风或是对方的手轻轻抹掉了待干的泪痕。

光线覆盖了细沙上小心的脚印，海潮淹没一切感知影像的意识。

再次缓缓退回温暖浩瀚而无人知晓的深海。

只有我们知道的。

Where am I.

曾经无数的白费掉了的不得入眠的时

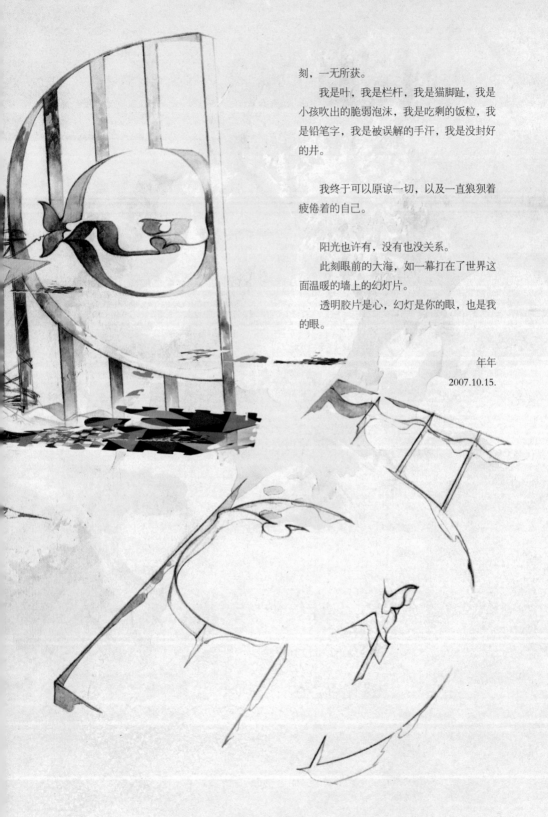

刻，一无所获。

我是叶，我是栏杆，我是猫脚趾，我是小孩吹出的脆弱泡沫，我是吃剩的饭粒，我是铅笔字，我是被误解的手汗，我是没封好的井。

我终于可以原谅一切，以及一直狼狈着疲倦着的自己。

阳光也许有，没有也没关系。

此刻眼前的大海，如一幕打在了世界这面温暖的墙上的幻灯片。

透明胶片是心，幻灯是你的眼，也是我的眼。

年年

2007.10.15.

《七踪少女》

无尽[长篇系列连载]

第一部
肤色小说家 — 爱礼丝 128

Written by 愛礼丝
Artworks by adam

肤色小说家

多年之后，楚于收到了那本业已出版了的《人鱼王子》。在书的最后一页夹着一张纸，纸上是他熟悉的笔迹，而下方的日期则仍停留在女生消失在暴风雨里的那一天。

"小楚于，你喜欢理想的结局，还是现实的结局呢？"

有些特别的声音依旧回响站在耳际。

如同暴风雨一般出现又消失的肤色小说家。

01

黑发齐耳的女生垂着头看着面前无人的游泳池里晃动的水波，时间久了脖子有些酸疼，她轻揉了几下脖颈，推了推鼻梁上的老式黑框眼镜，鼻孔轻微收缩着仿佛在嗅空气里的某种味道。

"小楚于！"

突然站起身，挥动手臂，女生的语气有了一丝兴奋，一个眉宇间有野生猫科动物神情的男生出现在墙壁的拐角处，小跑到女生的身边坐下。

"别叫我小楚于！"

男生虽然皱着眉头，倒也没有真的生气，女生显是看出了这点，脸上那种阴谋得逞的笑容从头到尾都没有收敛过。她理了理手里的稿纸，问："自己看还是我讲给你听？"

"嗯……"没有犹豫太久，"你讲吧。"

"我就知道……"做了一个鬼脸，女生扬了扬手里的文稿，"是我新写的小说哦，讲一个普通的高中生的。女生的名字叫做娜娜。有一天呢，她听到学校的游泳池有不寻常的动静……"

女生的声音很特别，就仿佛一双柔软的手极有规则的按摩着楚于的耳膜，让他在不知不觉中沉浸这样的韵律里。

可是，不对劲啊……

"喂，这不是和我们遇到那次一样嘛？"

一切的起因是他的一个秘密。

02

百褶裙及膝，白衬衫的第一个纽扣抵着脖子，领口的丝带整齐地系成一个蝴蝶结。在以校风开放著称、学生可以染发甚至打耳洞的西丘中学里，会整天穿着校服的林伊宁无疑是一个异类。现在是放学时间，她望着眼前的铁栅栏深吸了一口气，栅栏前"禁止入内"的牌子像是在引诱着她，进一步去探明前面不寻常的动静。

林伊宁尝试着从这里窥探仅有一墙之隔的游泳池，不过并没有成功。因为在室外，考虑到游泳课时对非课程内学生的影响，游泳池在修建时被巧妙地隐藏在了墙后。

再次深呼吸，林伊宁从不高的铁栅栏上翻越了过去。

水波声更加清晰了。

楚于在水中灵巧地一个翻滚，双腿用力地蹬出，便完成了从泳池的一头转向另一头的动作。他在水下潜行了一会儿，浮出水面的时候视野里多一个人影。

一身校服，奇怪的复古造型的蘑菇头，大得和她的脸不成比例的黑框眼镜，背着双肩书包，杵在他原本出发的地方，与其说是典型的书呆子形象更不如说是像电视剧里夸张出来的角色。对于这个形象他并不陌生，今天游泳课的时候才刚刚见过，便是班上那个总是和他一起不去上课的女生。

正想着她为什么也总不去上课，楚于突然意识到了一个很严重的问题，迫使他停下了动作，立在泳池中央。

"喂，你！不准看，转过去！"

"啊？"蘑菇头似乎是呆了三四秒才意识到楚于是在和她说话，慢吞吞地转过身去。

"不准回头！"楚于飞速地爬上了岸，

冲到了更衣室里。

忙不迭湿漉漉地把衣服套在了身上，楚于走出更衣室，一打眼就看到蘑菇头还站在原来的地方，似乎是发呆的样子。

"喂，你刚刚看到了吗？"

林伊宁说："原来是肤色的。"

03

像是突然切断了信号。

杂音撕扯着耳膜，视野里只剩下黑白单色的雪花点。

只是厌倦了，厌倦了这种每天反复播出的无聊节目了。

楚于并不觉得自己有什么不正常或暴露倾向，仅仅是在某个下午看到那池水的时候，忆起了家乡的小溪，唤醒了潜伏在心里的小兽。就突然厌倦了和同学的喧闹，厌倦了无休止地讨论季候赛、魔兽世界以及女生的胸部。从游泳课上逃了出去。回过神的时候，却发现自己又回到了池水旁边，白天还是那么喧闹的场所，此刻竟如此安静。

水波晃动诱惑着他，投入碧蓝的怀抱，然后一件件地脱去包裹着身体的外衣。

不知不觉每天和水的接触变成了习惯，好像这样真实的自己才能缓过一口气来。

直到遇见那个呆立在岸头的女生。

今天这件事如果换成是发生在文艺委员张菁菁的身上，她一定会马上发消息给她所有的姐妹，说："我看到楚于的裸体了，虽然不真切，但是是裸体耶！"

如果是发生在楚于的同桌张爽身上，最多是在调侃他的时候加上一句："楚于，你可别再光着屁股游泳了。"

可是这件事是发生在那个平日里循规蹈矩的林伊宁身上。她只是淡淡地完全无视楚

于的问题，望着夕阳下晃动着的水面，说："嗳，原来是肤色的。"

神色近乎于虔诚。

如果忽略她紧跟着的那句"你的胸锁乳突肌挺好看的。"和一脸图谋不轨的坏笑，或许楚于真的会相信，这眼前的这个女生是专门为了欣赏这黄昏时刻的水波而来的。

"我还以为你有什么隐疾呢，比如包茎什么的……"

"喂，你怎么会知道那种东西？"

楚于有点想昏倒的冲动。

而看到楚于的反应，林伊宁则是转过头不解地注视了他两三秒，才恍然大悟地一拍手："也对，十六岁的花季少女是不应该知道这种事的。"语气云淡风轻得仿若自己不是和楚于同年的少女一样。

"……你真奇怪。"

"因为我是小说家嘛，小说家总是和常人不一样的。"

还是很奇怪。

这样的林伊宁对楚于来说，在今天之前并没有过什么接触，他对她的全部了解也只是在班级里相当靠前的排名，稍显得与众不同的打扮，以及和自己一样从不上游泳课这件事。

她原本就是这样的人吗？

"那小说家同学，你为什么总不上游泳课？"

"秘密。小说里的主角总是要有点神秘感才好的，现在就告诉你就没有看点了。"

林伊宁的脸上突然绽放出一抹神秘的笑容，让楚于从心底升起了一种奇异的感觉，总觉得面前这个怪怪的女生真的有很多值得探究的秘密似的。也许是因为这个缘故，在他们分开时，他竟然鬼使神差地问出那样一

句话。

"喂……你写的小说，能给我看看吗？"

听到男生的问题，林伊宁停下翻越铁栅栏的举动，目光刚好可以越过墙壁看到泳池一角不断晃动着的水波，她略微迟疑了一会儿，还是露出了笑容，"好啊，那三天后，还在这里吧。"

04

林伊宁是一个怎样的女生？

这个问题无论问多少人都无法得到确切的答案，但至少楚于知道，那天他在游泳池碰到的林伊宁和大部分人所知道的林伊宁是不同的。

自从那天之后，林伊宁那个原本模模糊糊的形象，渐渐在楚于的世界里清晰了起来。他有时也会有意无意地观察那个女生，看到她会在课间一直托着下巴，维持着放空的状态，也会因为走得太入神而撞到教室门口的柱子。在大家的眼里，她有些呆呆的，循规蹈矩，成绩也不错，是个书呆子。而对楚于而言，她却和他所遇见的所有的女生都不一样，古灵精怪，语出惊人。关于她逃避游泳课的秘密，在他们二次见面时，林伊宁就很大方地坦白了。

"我只是单纯不会游泳不想丢人罢了……"

可是楚于反倒觉得，林伊宁像是在故意隐瞒一些什么。

林伊宁所写的故事也很奇特，关于一个女生在游泳池碰到的神秘少年。

"女生赶到游泳池的时候，整个游泳池的水面都反射出银色的光泽，就像天幕坠了下来，星辰都漂浮在水面上。而在那些光泽的中央是一个少年，那个少年是人鱼的王子。"

楚于觉得故事里那个神秘少年好像在影射着自己，不过他并没有问，因为在林伊宁的故事里，在他们见面之后，少女便与王子相恋了。

"……他的唇落在她的颈间、锁骨、在乳峰上稍做停留，便一路下滑到小腹……"

剧情急转直下，然后被某人咽口水的声音打断了节奏，伊宁捏着手里的稿纸转过头，"有问题？"

"啊……"问得有些突然，楚于愣了愣，满脸通红地含糊道："没，没有……只是你非要写这么详细吗？"

"这样写不好吗？"伊宁促狭地笑了起来，"我还以为你会喜欢呢。"

每隔几天放学后林伊宁和楚于都会在游泳池碰头，念她新写的小说。只是有时候女生的笔下的大胆文字，总会让楚于这样的男生也红了脸。只能无可奈何地看着伊宁，那个从来不会觉得自己说了什么不得了的话、总是漫不经心的女生。久而久之，楚于的脸皮也被林伊宁训练出来，至少这样的相处让他觉得很轻松，完全不需要伪装自己。

只是校园里似乎永远都没有秘密。

没多久，就有和楚于相熟的男生来找他，神秘兮兮地问，哎，你和林伊宁是什么关系？

"你知道她以前的事吗？我和你说……"

以这样的 或者类似的句型开头的各种句子噼噼啪啪地砸下来，企图将楚于砸晕在有关于"林伊宁"字眼里。从女生的成绩排名到她穿的球鞋牌子，甚至是她在入学后不久曾经差点进错过男厕所这样陈年笑话也被挖掘了出来。似乎班级里的每个人要来说上两句，新鲜的，不新鲜的，表示一下"关心。"

偶尔和林伊宁提起的时候，她只是着用玩笑一句带过："是你的粉丝还是我的粉丝啊？"

不过鲜少有关于她的家庭的传闻，也从没有同学去过她家。只是听说是从其他城市搬到这里的，家里还有一个弟弟。父母重男轻女，对她管得很严。

关于那些传闻，楚于并没有怎么放在心上。不过他倒是很感兴趣，是怎样的家庭会教育出林伊宁这样的怪胎。有时候看她专注于描述故事的情形，也会胡思乱想这个女生拿下眼镜换个发型会不会很漂亮。

"你要不要试着把眼镜摘掉啊？"

"这样？"

"……还是戴起来吧。"

在林伊宁根据楚于失望的表情猜出他的想法，来追杀他的时候，楚于想，看来偶像剧里的情节是不能轻信的。

05

下午第三节是游泳课。

黑灰色的云压在地平线上，偶尔从空隙里刺出几束光。教室里没有其他人，楚于捏了纸团丢了出去，顺利地砸在了坐在第一排的林伊宁身上。

"小十，外面感觉不错啊。"他冲着茫然地转过头的女生指了指窗外，因为林伊宁的名字总会被他念成零一零，结果最终也就简化成小十这样的称呼了。

"……这叫乌云遮不住太阳。"

"真没情调的形容。"

"小楚于你思春了吧？"

"小十，我拜托你说话像个女生一点好吗？"

"谁规定女生不能这么说话啊。"林伊宁忿忿转回身去。

楚于猛然思及林伊宁家里重男轻女的传闻，也不知道自己是不是触到雷区了。

"喂，生气了？我不是有心的……"

"你还真拿自己当回事。"尽管没有转过身，楚于还是能听出林伊宁的一贯诡计得逞的笑声。

话题到这里为止并没有再深入下去，尽管林伊宁一副不在乎的样子，楚于对她的经历还是心存疑虑的。只是现在似乎还没有到问的时候。拖了张椅子到林伊宁的身边坐下，听她讲小说新的情节。

伊宁的故事并没有少女情怀太久。

王子在与娜娜相遇的第二天就被强制带回了人鱼王国，而深爱着他的娜娜则毅然踏上了寻找王子的旅程。

照理说男生到了楚于这个年纪，是不会对这样王子公主的故事感兴趣的，不过这是要在这个故事和他没有什么关系的前提下。楚于之所以对林伊宁的叙述有些沉迷，是因为他总觉得剧中的角色有些像他自己。

如果说在游泳池结识的王子和少女是他和林伊宁。那从两人的相爱，他是不是可以推断出林伊宁有些喜欢他？除了小说，楚于并看不出什么端倪。

"王子呢？他不想见娜娜吗？"

"王子就留在他的国家里。因为他既然是王子，他就有身为国王和王后的父母，有属于他的臣民，他要听从他们的安排，履行自己的责任。就算是想见又有什么用。他是人鱼，人鱼对人来说其实就是怪物不是吗？"

"这么说太过分了吧。"

楚于习惯性地去拍林伊宁的肩膀，没想到女生刚好一转身，手掌正落在某个不该落的地方，一时间呆住了竟忘记移开。

"喂，色狼，你要摸到什么时候。"

"……我无意的！"

"无意的也不行，你要让我摸回来。"被摸的那个居然笑得一脸邪恶。

"摸就摸。"楚于叹了口气，这次算是给这个色女逮到了。

"那你还穿着衣服干什么？脱！"林伊宁豪迈了。

"非要……"看到林伊宁不达目的誓不休的眼神，楚于只能认命地脱下T恤，"苍天啊，这次亏大了，我只是摸到一块洗衣板而已……"

"嘿嘿，兄弟，手感还不错哦。"林伊宁的色爪马上跟进在楚于的胸上拍了几下。

"你不是有个弟弟吗？摸他不行？"

"摸不到，我弟弟怕我跟怕艾滋病似的。"

"你们……在做什么？"突兀地插入两人之间的是另一个女生的声音，教室的门口走进来一个女生，正惊讶地望着两个人的举动。楚于下意识的推开林伊宁的手，因为这个声音他很熟悉，是他们班级里最漂亮的女生戴梦。

06

楚于曾经说过喜欢戴梦基本是全班皆知的，那还是刚入学不久的事。不过那时，对于楚于这样的追求者，戴梦并不怎么放在心上。

只是最近班级里的一些骚动让她重新注意起楚于来。这里所说的骚动自然是有关楚于和林伊宁的事。

人吧，都有些虚荣心。但凡什么东西和"限量"，"售罄"，"只剩下一个"，"大家都在抢"这样的词语联系在一起，总是更加容易引发人掏腰包的欲望。

戴梦也正巧是有点虚荣心的漂亮女生，虽说林伊宁不是什么美女，可也是班级里成绩排名数一数二的女生。知道他们两个每次都会缺席游泳课的戴梦，灵机一动想要看看楚于和林伊宁是否如同传说中的真是一对。找个个借口从游泳课溜了出来，没想到居然就给她发现如此惊爆的一幕。

赤裸上身的男生，还有一边嬉笑的女生。戴梦登时红了脸。

林伊宁反应倒是快："别误会，我们在讨论小说呢。"

实际上戴梦误会不误会林伊宁本来并不在意，只是她从楚于的表情里看出了端倪。

"和人鱼有关的主题哦，所以叫楚于做模特，给我参考呢。"

把戴梦也拉坐了下来，林伊宁再次讲述自己的小说故事。戴梦这样的女孩子果然更容易被这样的故事所吸引，很快就开始问东问西了。

"后来呢？后来呢？"

"后来，人鱼王国派了刺客去阻止娜娜。"

"刺客？男的女的？好看吗？"

"超级美少年哦！叫夜鳞。"

"比王子还漂亮。"

"嗯，比王子还漂亮。"

楚于无力地看着林伊宁不费吹灰之力就搞定了戴梦，看来放学后的小说聚会，很有可能又要多了一个人。

07

"1962年，一艘载有科学家和军事专家的探测船，在古巴外海捕获一个能讲人语的小孩，皮肤呈鳞状，有鳃，头似人，尾似鱼。小人鱼称自己来自亚特兰蒂斯市，还告诉研究人员在几百万年前，亚特兰蒂斯大陆横跨非洲和南美，后来沉入海底……现在留存下来的人居于海底，寿命达三百岁。后来小人鱼被送往黑海一处秘密研究机构里，供科学家们深入研究……喂，你今天怎么心不在焉的？"

"有这么明显吗……你刚刚说的那个是什么东西？"

"是真实世界的美人鱼哦。"林伊宁笑了笑，接了一句感叹，"啊，我低调的校园生活。"

此时他们正躲在堆放体育器材的库房里。

那天在教室里和林伊宁遇见戴梦之后，关于他们之间关系的谣言愈发甚嚣尘上。

尽管那只不过是他被甩之后和戴大小姐的第一次接触（说实话，被拒绝前也没怎么接触过），可是关于他们的三角关系，已经被传得可以编成二十集以上电视连续剧了。即使现在再来质问戴梦也没有什么用处了。戴大小姐一口咬定，自己只和几个死党提过。

"那个孩子应该也不是有心的吧。不过，即使不是有心的也会伤害到别人呢。"

林伊宁现在也成了众人眼中的焦点，因为关于林伊宁其实是双重人格的流言已经成为他们故事里最大的关键。尽管平时的林伊宁还是保持着老样子。不说话，总是发呆。可是对她指指点点的人却日益增多了起来。

为了躲避周围强势狗仔们的追堵而连午饭都不能吃，躲在这里的两个人，自然是郁闷至极，而林伊宁把一切都归功于楚于。

"小楚于啊，你朋友也太关心你了吧。"

"并不是都是朋友。"楚于摇了摇头，"要和每个人都做朋友，太累了。"

"真不像人气王楚于会说的话呢。"

"越是和他们在一起，我就好像越来越不是自己了。其实最近我一直想回山里算了，没有什么负担，很多事也不用自己勉强去了解。"

"你那是逃避吧，一开始不是你自己想要朋友的吗？"

"也许吧。"楚于回想起刚刚到达这个城市的时候，他还是同学口中什么都不懂的"乡下人"，只不过两年半的时间，他已经和那些从小在城市里长大的孩子看不出什么区别了。

"小楚于你的优点就是很诚实呢。不用担心了，你能回去的地方永远都在那里，不是吗？"林伊宁像是猜出了楚于在想什么，安慰式地拍打楚于的肩膀，"所以就把这里当作旅途中的一站好了。"

旅途中的一站吗？

你也是这么看待生活的吗？

"发现了！"

瞬间就被嘈杂的声音包围了，先是同班同学各式各样的表情。接着，随着一声轻呼，所有的声音都收敛了起来，楚于和林伊宁看到人群分了开来，走出来的是他们的班主任老师。

08

戴梦并不会掩饰自己对楚于的兴趣，不过班花也有作为班花的自尊和骄傲。

所以在她叔叔新经营的室内游泳馆开张的时候戴梦不仅邀请了楚于还邀请了林伊宁。理由是作为对之前的事情的道歉。虽然她觉得错并不在自己，但整件事确实因为自己的加入而变得更加糟糕了。抱着会被拒绝的念头去的，不过林伊宁一口答应了。

"我还以为你在学校已经游够了，千万记得带泳裤。"林伊宁凑到楚于旁边小声嘀咕。

"你不是不会游泳的吗？真的要去？"

"当然要啊，不过泳装的确是个问题……"

戴梦看两个人咬耳朵的样子，总感觉心里有什么东西七上八下的，拉扯着胸口，让她不得安宁。楚于和林伊宁在体育器材房被当场抓包的事情，几乎整个年级的人都知道了。但听说林伊宁似乎很轻易地几句话就搞定了他们的班主任老师。

大部分人都认为，老师本来就比较相信那些成绩好的学生。

戴梦叔叔经营的游泳馆的确不错，天花板上是一整块一整块的玻璃，可以看得见天空。

被切割得四分五裂。

楚于平躺在水面，等待着两个女生。不久就看到戴梦红着脸从更衣室里跑出来。身后自然是阴谋再次得逞的林伊宁。

林伊宁穿了一套银白色的泳装，两截式的。上面是背心，下面是短裙，越发显得瘦了。而穿着红色连身泳装的戴梦，则是曲线毕现。

楚于在林伊宁的耳濡目染下，也有些浮想联翩了。

"怎么了，大小姐。"看到戴梦撅着嘴的样子，再想到林伊宁的恶习，楚于也大概猜到是发生了什么事了。

"小十把我看光啦。"

"还摸光了，啧啧，大小姐的身材啊……"林伊宁在一边补充。

"那你看回来了吗？"

"没有，她是换好了来的。"

林伊宁很配合地在此时发出了奸笑声。

"真像色大叔。"

"子曰：食色性也。"

女生边笑边假装摸胡子。

虽然这个开场被林伊宁搞出了一些颜色。不过，并没有影响到他们之后的好心情。

首先是楚于批判林伊宁对他的长期欺骗，谎称不会游泳。接着他们又惊叹于林伊宁身上据说是连夜缝制的泳装的做工精致，尽管楚于觉得这套泳装凸显了某人的洗衣板身材。

再然后，便是三人都熟悉了的小说时间。尽管今天没有手稿，林伊宁说起故事依旧是信手拈来一样。

人鱼国派来的美少年刺客夜鳞爱上了娜娜。原本是要阻止她找到王子，杀死她的，却在任务的过程中对她产生了兴趣，进而爱上了她，兴起了想要保护她的念头。

"产生兴趣是恋爱的前兆呢。"林伊宁说这话的时候瞄了戴梦和楚于各一眼。似乎意有所指。

回去的路上心情已经恢复的戴梦因为今天发现了林伊宁新的一面，显得特别高兴，一路蹦蹦跳跳地。

"小十有时候真像男孩子。"

"要是男孩子就好了，就来追你了。"

"好啊，那我就和小十在一起哦。"戴梦边说边偷看了楚于一眼。

"那，约定好了。"

楚于有些不理解地看着这些女孩子。尤其是林伊宁，和戴梦在一起的时候，与其说是某些行为像男生，在他看来倒是心态更和这些小女生接近了起来。

走到路口，戴梦的爸爸来接她回去。戴爸爸骑着一辆电瓶车，停在路口。微白的鬓角可以看到汗水流下来。蜿蜒到背上，聚成一张深色的地图。

"那我走了哦。"戴梦和他们道别，然后欢快地向父亲跑了过去。"爸爸，我们回去吧。"戴爸爸微笑了一下。眼角露出深浅不一的皱纹。

"小十？"电瓶车启动然后离去，楚于却发现身边的林伊宁还望着那对父女曾经短暂停留的地方。

"令人羡慕呢。"

"什么？"

"哪里都羡慕，无论是作为女孩子，还是作为孩子。"

楚于一时不知道该回答什么好，只是和林伊宁一样，一动不动地站在路口。直到林伊宁轻声地问他：

"要到我家来吗？"

逆光的时候人影就会变得单薄又捉摸不定，仿佛随时都会消失。

此刻的林伊宁就好像要从空气里消失了一样。

09

白色窗帘透出昏黄的光，尽管已经傍晚了，林伊宁拉开窗帘的时候，楚于还是习惯性地用手去挡了一下。

假象中刺眼的阳光。

林伊宁的房间很干净，干净得如同一个时间静止的空间。

进门的时候，她的父母都在，仓皇地和楚于打着招呼。用探询和甚至是惊恐的眼神望着他走进林伊宁的房间。

然而却没有和林伊宁说一句话。

直到坐在林伊宁房间的地板上。他也没有什么真实感。

白色的墙壁，白色的书架，有颜色的只有那些书。一本接着一本。

"这里的书你都看过？"

"倒背如流。"

"又唬我。"

"其实我过目不忘。"

"喏，你今天翻过的，225页第6行是什么？"

"这本书只有204页。"

"那你要考满分岂不是很容易？"楚于放下手里拿来做实验的篮球杂志。

"是很容易，但那不是他们所期望的。"林伊宁指向门口的方向，屋外正好响起钥匙扣转动和金属门打开的声音。

"我弟弟能争气就够了，我不能变得太引人注目。"

你知道吗？你说这句话的时候，就好像你平时讲故事的样子，像是在讲别人的事。你总是这样，是不是只有这样，才不会让自己太难过呢？

楚于没有说出口，只是难过地低下头，心脏因为屋外的与先前林伊宁回家时完全不同的反应而跳动着不安静的杂音。

"别说这些了。想看我的衣柜吗？"

"哎？"

"你不是也参与了，猜我有几套校服。"林伊宁露出一副你别给我装了的表情，走到白色的衣柜旁边，答案马上要揭晓啦，"当当当当……"

被打开的衣柜里挂满了衣服，但是只有两种不一样的款式，夏天的校服，冬天的校服。

"怎么样，你猜对了吗？"

"为什么不买点别的衣服？"

"其实也有别的衣服但都是男生的款式，我不喜欢。"林伊宁将衣服拨开了一些，露出里面的一个储物箱。"到这里上学以后就不穿了。"

"他们……不给你买新的吗？"心里的杂音似乎又大了一些。

"除了校服，他们不会给我买别的衣服的。所以我才要写小说，自己赚钱嘛。"

一瞬间，楚于想要冲出去，问一问屋外正在对他们另外一个孩子嘘寒问暖的夫妇，为什么要这样对待林伊宁。

可是有人拉住了他的衣角。

并没有用什么力的，却让他停住了所有的动作。

这是他记忆里，林伊宁第一次这么像一个女孩子。她对着他笑，脸上似乎还带着红晕，"谢谢你，小楚于，谢谢你。能认识你，能做一个女孩子真是太好了。"

离开的时候林伊宁的父母和弟弟正在客厅里吃饭。楚于并不想和他们打招呼，他换好鞋出门。林伊宁把他送到楼下。

"虽然我把责任都推给他们，其实现在这样我已经很满足了。"

走的时候林伊宁说"很满足了"，只是楚于还不能理解其中的含义。

10

"喂，你和小十究竟是什么关系？"提问的是戴梦。

自从加入了林伊宁他们，戴梦就越发对这两个人感兴趣了。几乎是和在班级里完全不同的人嘛。尤其是楚于，虽然林伊宁也很怪异，但是以前从来没有发觉过楚于是这么率性的一个人。而且，那双像猫一样的眼睛，盯着她看的时候总会让她的心跳不知不觉变得快起来。唯一猜不透的是楚于和林伊宁之间的关系。

似乎是可以毫无顾忌地拉拉扯扯开各种尺度的玩笑。这就是人家说的超越了性别的友情？戴梦可不相信。男生和女生之间是没有百分百友情的，即使是0.01%也会有异性间的吸引存在，至少她是这么认为的。

那么楚于和林伊宁是情形是？

楚于自己也不清楚，是同学，谈得来的朋友，死党，或者假想的恋人。

是啊，假想的恋人，他曾经无数次把自己和林伊宁想象成小说里的人物。

在家乡的山野里，他在那棵古老得叫不出名字的大树下面，等林伊宁来找到他。在风向转变的时候，林伊宁的身影出现在地平线的尽头，对他挥手，就好像每次他从通往游泳池的最后一个拐角出来，林伊宁都会对他招手叫他小楚于一样。

等待着娜娜的人鱼王子。

然而这些答案都不能说给面前这位可爱的戴梦听，总之先应付一下了。

"应该算是谈得来的朋友吧。"

"哦？小十也这么说呢。"

"哎？"

"我也问过她了，答案和你的一样呢。"

听到这样的话，楚于的心里涌起一阵失落。最初是一点点的刺痛，然而伤口却无法抑制地越扩越大。

至少应该是更特别一点的存在吧。

这样的情绪被带到了下午放学后，自然也逃不过林伊宁的眼睛。

"喂，你在闹什么脾气？"

"娜娜会爱上夜鳞，而不要王子吗？"

"现在还不知道。"

"你不是作者吗？"

"可我又不是娜娜。"

如果你不是娜娜，那关于王子和娜娜的故事，都只是我自己的妄想吗？楚于突然觉得自己很可笑。像小女生一样，沉迷在一个不属于他的故事里。

"……只是谈得来的朋友吗？"

"什么？"

"你不是和戴梦说我们只是谈得来的朋友吗？"

林伊宁撇了楚于一眼，突然站了起来，或许是因为太急了，手一甩，稿纸都飞了出去。白色的纸片四下飞散，有几张落在了水面上，摇摇晃晃不肯立即沉下去。

楚于赶紧把靠近池壁的稿纸都捞了起来，"这样放着会被人发现的。"他脱掉外套和鞋子直接踩进水里。

林伊宁没有看楚于只是呆滞地望着肤色水面上的白色一点点被浸湿，脸上的表情也分辨不出是愤怒还是悲伤。然后转身，走向出口。

"林伊宁！"

楚于对着突然变得反常的林伊宁吼了起来，可是前面女生并没有停下脚步。

"林伊宁，你怎么了？"

疾行的身影停了下来，似乎是过了很久，林伊宁才转过身来，一字一句地对楚于说："我是和戴梦说过，我们只是谈得来的朋友。"

11

期末考试放榜的时候，林伊宁的名字显眼地落在年级第一的地方。

她这才向楚于透露了，这是那次班主任如此简单就放过他们的交换条件。上次的事发生以后，第二天林伊宁就恢复成了平常的样子，好像完全忘记了那天的事。他们也还是时常去游泳池那里碰头，但楚于总觉得林伊宁在刻意地与他保持着距离。

戴梦似乎也从有点不一样的气氛里嗅到了什么，不过，她还是假装什么都不知道的样子，在两个人身边打打闹闹地，只是有时候会突然陷入沉思。

而林伊宁的故事也终于进行到了尾声。

"……在夜鳞的帮助下，娜娜终于找到了她的爱人。她本来可以选择和爱她的夜鳞无忧无虑地在一起的，可是她还是选择了她爱的人鱼王子。"

"那王子呢，王子会怎么做呢？"楚于总有一些不好的预感。

"小楚于，你喜欢理想的结局，还是现实的结局呢？"

"分别是怎么样的？"

"理想的结局是，娜娜和王子留在了人鱼王国，成为了王妃，从此王子公主幸福的生活在一起。"

"那现实的呢？"

"现实的啊，人鱼王国容不下这样的恋人，王子放弃了王位和娜娜走了。他们到了一个村庄里安居了下来。某一天，娜娜进城了，王子出去干活，有人无意间把水泼在了王子身上，然后看见了王子身上露出的那条鱼尾。村子里的人都惊呆了，他们都拿起武器，高喊着，打死这个怪物……于是娜娜回来的时候，王子已经不在。"

林伊宁口中的现实的结局让戴梦和楚于都沉默了下来。过了一会儿，楚于突然问了一个不相关的问题。

"这部小说，是讲的我们的故事吧。我是指我，你，还有小梦。"

戴梦的眼睛跟着亮了起来。

"是啊。"

"我不是人鱼王子吧？"

"你少臭美了。"

楚于觉得自己似乎离林伊宁的秘密又近了一步了。

没有想到是，林伊宁那么精准地预见了自己的命运。

12

为时两个多月的游泳课终于结束了，接下来的就应该是暑假。

体检是假期前的最后一个项目。

林伊宁说："我pass。"

楚于隐约猜到，林伊宁的秘密就躲藏在她不能在人前脱去的衣服之下。也似乎逐渐能摸到关于人鱼王子和娜娜的真相，只是还少了一点东西。

一点很关键的东西。

林伊宁的母亲来学校找老师打招呼，在走廊上遇到的时候，楚于从她微变的表情看出她认出了他。走过楚于身边的时候，那个母亲叫住了他，问了几句林伊宁在学校的情况。

楚于一一答了，可是总觉得对方有些心不在焉的样子。有些不耐烦想要走人，却没想到对方竟直接问过来那样的问题。

"你喜欢那个孩子吗？"

"……喜欢，很喜欢啊。"第一次在成人面前谈论这样的问题，楚于还是红了脸。

"那你了解那个孩子吗？你知道她是……"

母亲的问题嘎然而止，楚于看到林伊宁和戴梦在走廊的另外一头望着他们，女人望了眼自己的女儿，转过身向相反的方向边摇头边离开了。楚于听到她低叹：

"要是那个孩子也能像这样健康就好了。"

林伊宁难道是有什么他不明白的病症。

楚于疑惑地望着林伊宁，企图在她的那张总是笑得跟小恶魔似的笑脸上找到些什么，却完全看不到一丝破绽。倒是没有注意到戴梦眼眶红红，紧紧咬着下嘴唇。

接下来的事情就如同暴风骤雨一般。

13

莎士比亚说过"外观往往和事物的本身完全不符，世人都容易为表面的装饰所欺骗"。

楚于得到消息的时候已经很晚了，他追上正往校门口走的林伊宁。女孩转过身，将双臂伸向他。

她的手贴在他的脸颊上。

她说："一切都结束了。"

楚于望着她，她说："我早就说过的，人鱼王子对人类来说只是怪物而已。"

林伊宁自出生起就得了一种病症，大约2000人就会出现一例的"性分化异常症"，Intersexual。自来到这个人世便同时拥有男女两种性征。医学上不能界定她为男性或女性，而这种病也暂时还未找到成因，只能依靠出生后较大的染色体或性征一方来暂时决定性别。

"好恶心。"

"就是阴阳人吧。"

原本竭力隐藏的秘密已经变成了校园里最流行的话题。

体检那天林伊宁被骗到了医务室，被强迫脱下了衣服。那些脱掉她衣服的女生都尖叫着从医务室跑了出来，好像真正被非礼的是她们自己一样。

照理说以林伊宁的头脑是不该被骗的，被骗的原因是她们利用了戴梦，或者说是戴梦甘愿被她们利用了一次。因为她听到了楚于和林伊宁妈妈的谈话。

"你不觉得她最近太出风头了吗？又是年级第一又抢了你喜欢的男生。"

她并不是真的想报复林伊宁或者怎么样，只是想给她开个小小的玩笑气气她。

只是戴梦也没有想到结果会是这样的。

楚于终于参透了林伊宁小说的真相，她从来都不是娜娜，她是人鱼王子，所以她才总是强调人鱼只是半人半鱼的怪物。

而娜娜……

他想起那天在校门口告别时林伊宁的话，她对他说，"再见，我的娜娜。"

原来娜娜是他自己。

不久之后林伊宁的母亲就来给她办理了退学手续。

楚于拉着那个仿佛在几日内苍老了十岁的母亲说，让我见见她。

那天是真正暴风雨。楚于的整个生命里下得最大的一次暴风雨。

林伊宁站在雨里看着他。雨水打湿了她的脸颊，尽管仍是笑着的，楚于却觉得她在哭。

林伊宁说："你都知道啦？"

楚于点了点头。

林伊宁叹了口气："其实我出生以后父母一直是把我当作男生来抚养的。但我明白我的身体以后，我觉得这并不是我所希望的。"她转过头看向自己家的方向，"尽管我这么任性，他们还是为了我搬到了这里。他们并不是重男轻女，只是不能接受自己的孩子是一个怪物。"

"你不是！"楚于的声音很快被淹没在了雨声里。

"其实一开始我也不习惯做个女生，开学的时候还曾经走错过厕所。衣柜里都是男装，妈妈不愿意给我买平常的衣服，她怕我变得不正常，但她不能阻止我穿校服，所以我订了好多套校服。我想穿裙子，就算只是校服也没有关系。我好羡慕戴梦，我好想做一个她那样的女孩子。"

"你是一个女孩子啊，不需要羡慕任何人！"楚于在风雨里声嘶力竭地喊着，想要让自己的声音穿透层层的阻碍直达林伊宁的心里。

"我看过你的身体，戴梦的身体，我和你们都不一样。我知道我是一个怪物，但是，和你们在一起，我觉得自己好像真的可以做一个普通的女孩子了。可是，怪物和人一直在一起是会阻碍你们获得幸福的……"

"你别走。"

林伊宁又露出了促狭的笑容，"你让我亲一下我就不走了。"

"真的？"不同于林伊宁玩笑般的神情，楚于用力地看向雨夜里女生隐隐映出微光的双眼，企图想要看到她真实的想法。

"当然是真的。真是的，这种事本来应该是你们男生主动才对哦。"

"那……"

在这样的风雨里，楚于也不知道自己是如何笨拙地点了点头。林伊宁的嘴唇又是如何落在自己的嘴唇上，混合着冰凉的雨水，轻轻地触碰了一下便分开了。却让火烧般灼热的温度从唇边蔓延开来，一直燃烧到楚于的心里。

他突然觉得，无论这个女孩子是怎么看待他的，就算只是把他当作朋友。他也还是喜欢她的，那么的喜欢她。

即便她真的是来自人鱼的国家，他也想守护这样的她。

暴风雨越来越大，林伊宁的母亲在楼上催促着。林伊宁和楚于告别，转过身打算往里走。男生的声音在她身后响起——

"小十，无论你是不是生病，或者遇到其他什么是，我都很喜欢身为女孩子的你，只有这点，请你不要忘记了。"

"我从来没有怀疑过呢。"林伊宁回过头，"因为你只有诚实这个优点呢。"

回头的瞬间，泪水无法控制地从林伊宁的眼眶里冲了出来，和雨水混合在一起，肆意地流淌在脸颊上。

"还好是下雨天呢。"她低头进了公寓楼里。

14

那之后已经过了几年了呢？楚于望着头顶晴朗得没有一丝云彩的天空。

那天淋得湿透回到家，睡觉前接到戴梦的电话。女生一边啜泣一边在电话里说对不起。

"……上次是我骗你的，小十没有说和你只是朋友，她说'楚于说我们是什么关系我们就是什么关系'，所以我才那样和你说的，对不起，都是我不好，小十一定是很喜欢你的，请你一定要留住她。"

原来她也是喜欢他的。

放下电话，竟然克制不了喜悦的心情，兴奋了一宿没有睡着，想要第二天就告诉林伊宁自己的心意。兴冲冲地到达林家的时候，却

发现她的父母也在焦急地寻找她。

林伊宁离开了家，从此杳无音讯。

"这个大骗子，居然就那样走了。"

楚于掂量着手里的书，翻着翻着，翻到了最后的结局。

娜娜找到了王子，王子说，让我吻你一下，我就放弃我的国家和你离开。

于是娜娜闭上眼睛，感觉到嘴唇上温柔的触碰，一种温暖由内而外地包裹了她，仿佛再次回到了母体内一般安心。

然而她睁开眼睛的时候面前却一个人也没有。她发了疯似的到处找寻着，直到空气的振动里传来爱人的声音。

"因为你的吻我将会变成人类，尽管我也不知道会花上多久的时间，但总有一天我们会在人海中重逢的……当我们再次认出彼此时，就再不会有分离了。我的娜娜，你可以等我吗？"

我会一直等待你的……
我亲爱的肤色小说家。

>>>to be contiuned...

Contents
目录

文/I5land扯皮小组　图/开瞠王子

阔别一周年感言

无数次的重逢

文/小四

　　记忆里好像出现过这样的情况，需要写阔别之后再次归来的感言，好像是在《岛》五至《岛》六的那个档期。回忆一下，好像是一年……（远处传来阿亮和痕痕的怒吼：你凭什么有脸说！你还好意思说！……）

　　话说《岛》从最早的双月书系，变成后面的三月书系，再到后来变成五月书系……然后成功地跳票了一年，直到现在你们看见我写的这个欠扁的文章题目《无数次的重逢》-_-

　　并不是忘记了还有这样一本凝聚我们无数心血的书，也不是不想再继续以前的梦想。只是巨大的工作和越来越不够用的时间，让《岛》九迟迟没有开始。

　　在《岛》八面市的同时，《最小说》也开始出版发行了。之后每月雷打不动地交稿时间，让我们的工作量突然成倍地增加。有时候也会伤感于自己的青春被埋没在这些很可能被人看完就扔掉的杂志里，但更多的时候，又为每一本《最小说》的进步和精雕细琢而倍感骄傲。

　　于是《岛》就一直悬停在那里，一直到一年后的今天。你们拿到了《庞贝》。

曾经一座巨大的文明，曾经繁华喧嚣的城市，在被火山喷涌的岩浆瞬间毁灭之后，然后被埋进了深深的海底。日月光线都无法企及的，无限寂静的深海。

好多想说的话，想表达的意思，想讲给你们听的心声，其实用这两个字就可以表达了——庞贝。如果熟悉古代历史的人，如果有心查一下资料的人，会知道我想要表达的心情。

在搬进了有着全玻璃外墙的公司之后，每一天都可以在自己的左手边，透过巨大的落地窗，看见对面东方明珠和金茂大厦，还有没建成的新摩天大楼环球金融中心，它们在每天下午四点左右的时候，都会反射出强烈的太阳光线。

而下班之后，又回到了自己的新买的高层公寓。

渐渐很少回忆起曾经居住过的工作室。也渐渐很少再想起曾经和大家混居在一起的日子。

蒙头大睡到下午三点，打开门发现客厅空无一人，其他几个人也依然是蒙头大睡，而半夜三点，每个人依然在自己电脑面前敲敲打打，辛勤工作，偶尔心血来潮一个振臂高呼："要不要现在出去吃小肥羊啊？"于是一呼百应，迅速套上旧衣服出门。在楼下看见已经睡眼惺忪倒在自己座位上呼呼大睡的出租车司机，敲玻璃把他叫醒，然后出发去隔着半个城市的小肥羊。

出片之前的几日往往鸡飞狗跳，打印机咔嚓咔嚓往外吐纸，这版不行，重来，那版OK了，赶快确定。打电话，叫快递，修改最后的错别字……在那几日过去之后，工作室里一声欢呼，集体冲出家门，找间餐厅共度饕餮之夜。

工作室换过两个。都在同一个小区里面。

那个时候还是在住宅小区里租的公寓，不像现在这样的，楼下大堂有二十四小时西装笔挺的保安值班的写字楼。

第一个工作室是在204室，记得刚刚进去的时候，我们连桌椅板凳都没有，我在地板上铺了一床棉被，然后上面又铺了一张凉席（那个时候是夏天），就算我暂时的床了。后来开始渐渐把电脑、办公桌、床等等都买齐全了之后，才开始像一个工作室或者像一个家的样子。至于后来我经常心血来潮从大润发超市里买回简易书架，或者偶尔hansey从无名小店里买来红色的蒲团一样的地毯把工作室弄得格外另类的事情，那是很久之后了。

第一个工作室的整体情况，可以用一片狼藉来形容。那个时候，我们几个都是没做过饭的家伙,于是楼下的外卖就成了我们赖以生存的重要一环。但是每每吃完的塑料饭盒都会忘记丢掉而扔在餐厅的桌上,等到下次想要开会的时候,大家都面对一桌面的白色饭盒面面相觑。而且痕痕在依赖了一段时间外卖之后,开始自己尝试着做东西,之后厨房的灾难就开始了,经常有各种诡异的味道从厨房里飘出,而且往往伴随着痕痕的尖叫,"哎呀~~怎么这样"或者"哇!无比的好吃",然后一个人影就旋风般地从厨房蹿出来,把手里那碗不知道是什么的东西拼命往每个人的嘴里塞。我们几个人活到现在,都是经过了严格考验的。

痕痕做菜勇于尝试,但是却懒得收拾。于是厨房的卫生程度每况愈下。后来搬到第二个工作室之后,更加变本加厉,有一天我们几个因为要找什么东西,就打开了厨房上面的一个柜子,然后在柜子门打开的瞬间,刷的一声飞出一群苍蝇,然后一股排山倒海的味道瞬间击晕了我们。仔细一看,是一棵不知道什么时候遗忘在柜子里的一棵花菜,整个都变成了黑色,而且已经软了,上面都是黑色的液体……痕痕一不做二不休,尖叫着把花菜用塑料口袋捧起来,迅速扔出了窗口……我们在场所有的人都被这个举动震呆了……直到十秒钟之后,我们才被楼下发出的尖叫声和匪夷所思声所惊醒。

回忆里都是这样在一起的画面。

欢乐的、嬉闹的、忙碌的、充实的生活。

但青春并不是一本完全喜悦的书,它包含很多页的苦涩,还有不舍,还有误会和冲突。

就像你们现在看到的这一本《岛》,它离上一本,也已经一年的时间。制作团队上hansey的名字也已经消失不见了。

中间的种种事情,我一直沉默至今,因为相信,人的心都是肉做的,那么多年的感情,那么多一起相处的日子,不会说没有就没有。过往的种种,都让我无法说出伤害的话来。所以,当对方有了新的生活,那么我愿意把美好的祝福送给他,无论这种生活是以什么代价或者对我的伤害来获得的。就像以前在看书的时候看到过的话,"无论受到了多少伤害,也还是应该保持对别人善意的内心,不要从此绝望。"直到这本《岛》快要出版的前几天,hansey终于打电话过来,半夜里,他在电话那一头沉默了很久,然后有点哽咽地对我说出了"对不起"。

而至于其他的人,本就不是l5land团队里的人,本就对我,或者对我们几个的感情并不了解。所以,我也不在乎他们怎么想,怎么认为。因为我只在乎我的朋友,希望他们过得好,过得开心。就像曾经清和出发去美国的时候,我虽然有万千的不舍和难过，但是我知道她将迎来更好的生活，更自由的环境，于是我也松开了我的手。

而《岛》是我们曾经的梦想，我、痕痕、阿亮，我们依然会继续坚持。哪怕所有人都有了更大的梦想，更新的追求。或者读者们也已经渐渐地淡忘了它，渐渐地喜欢了其他新的杂志，我们依然会坚持下去。

因为这是我们曾经一同走过的青春岁月，这是我们最初在一起的理由和见证，这是我们从最初的幼稚到现在慢慢成熟的记录。

这是一本，我们永远也不想读完的书。

在我们年老的时候，我们会躺在沙滩椅上，晒着太阳，回忆起曾经和好朋友一起挤在沙发上看恐怖电影，一起在卫生间里贴上面膜，一起下楼买回零食，一起为某篇文章落下眼泪。

我们一起做了太多的事情，这些都是任何人永远无法抹去的东西。

那天发一首歌给远在美国的清和，是张震岳的《再见》。小和在MSN上和我说，我听哭了。

后来她录了一个自己唱的版本，发在她的日志上。在那首歌里，到后来的部分，她声音里奇怪地哽咽，让我也流下了眼泪。

那首歌唱的是：我会牢牢记住你的脸，我会珍惜你给的思念。这些日子在我心中永远都无法抹去。我不能答应你，我一定会再回来，不回头，不回头地走下去。

Hansey的离开很突然，也被媒体渲染得光怪陆离。我也不想去分辩哪些是真的，哪些是假的。心里想，如果对方选择了离开，那么也就不用强求。我们甚至没有时间来做一期送别专题，就像我们曾经送别清和一样。但是，这些都是同样的心情。至少在我心里，那些日子从来都未曾远离，只要稍微回一回头，四下稍微安静，那些日子都会慢慢地浮现在我发红的视线中。那些是我们一路走来的，永远擦不去的印记，书写在我们青春的题板上，高高悬挂在内心的墙壁。

只是，我们要相信我们正在走向更大的幸福，即使目前无法摆脱生活中的种种牵累，即使再无法过无忧无虑的生活。

——hansey

这么大的世界，我能与你相遇，真是太好了。　　　　　　　　——阿亮

相逢方一笑，相送还成泣。解缆君已遥，望君犹伫立。　　　　——痕痕

一直觉得自己光芒万丈的我，那一天，从未有过地觉得自己渺小……

因为我知道你踏上这一条路，可以有更辉煌的未来，所以我什么都没有说微笑着送你过去了。

可是……可是希望，在那些幸福的地方，你偶尔也可以想起，曾经那个自以为了不起，其实也没什么用的小四，因为他曾经真心的，很真心的，几乎是拼命一样的，希望带给你和你们最大的幸福和安稳，虽然时间并没有来得及让他去完成，也没来得及让他成长得更快。

　　　　　　　　　　　　　　　　　　　　　　　　　　　——小四

当我有一天终于可以回来，大家是不是还在原来的地方呢？我拿着不舍得交还的钥匙，还能找到你们么？

　　　　　　　　　　　　　　　　　　　　　　　　　　　——清和

漫长的梦境
文/阿亮

　　几乎是从去年这个时候开始就被人追问《岛》的上市日期，我的答案也从2006年的12月起逐渐一个月一个月地推移，最后变成了今年的11月，选题也从去年的"bye-bye Christmas"变成了今年的"双城故事"。

　　整个跨度也快接近一年了。

　　尽管每次被问到同样的问题相当的头大，不过在这么长的一段时间里，大家还对《岛》念念不忘，怀抱着这样大的热情，我是很感激的。

　　毕竟《岛》是我们最初起航的地方。也是见证了我们成长，或者说是我们共同成长的印记。其实现在回过头去看过去所做的东西，总是有太多不成熟和遗憾的地方。但那些确实是我们一步步走到现在的足迹，一个接着一个坚实的足迹。

　　尽管，在这段旅程中有人离去，也有人到来。但是《岛》作为那只承载我们的航船却从来没有改变过。

　　莎士比亚说过，青春是一个短暂的美梦，当你醒来时，它早已消失无踪。

　　其实我也说不好，《岛》似乎就是一个很长很长的梦，也许我们只是留恋这样的梦境，而不想将它终结。

在这阔别的一周年里，小四成立了公司，我从学校毕业，大家一起做了《最小说》，结识了新的朋友，然后又失去了一些旧的朋友。

我有时候会问自己，还会有多少个像这样的一年。

有次小四会开玩笑说，急流勇退，买一套很大的别墅。大家一起住。

然后每个人都很认真地讨论起细节，谁住楼上谁住楼下要养什么样子的狗，还要在院子里挖一个温泉池，挖多人，放什么汤剂，还要搭一个小棚子遮挡灰尘和风雨。

讨论完毕，嬉笑一场，再回过头，是已经安排到2009年的工作行程。

于是我和小四说，我要去结婚，生孩子。

他直接看穿了我的目的，回答我，就算这样我也不会给你放假的。

也许下次该换个借口，比如说登月？

我想之所以会这么珍惜《岛》和《最小说》，还是在于朋友这两个字。

幼儿园的时候，老师曾经叫小朋友一起用积木搭摩天大厦。只是一个单纯的游戏而已，但是每个小朋友都想把摩天大厦搭得很高很漂亮。然后不知道是谁，不小心碰下来一块，大厦倒了，然后整个班级的人都哭了。

其实剥去了外壳，我们和那时候的我们还是一样的。

只是背上多了一些必须背负的东西。

因为是自己所喜欢的东西。才一直想要做好。

是年纪越大越发强烈的念头。

还记得最初开始做《岛》的时候，五个人住在一起，大家都还是小孩子的样子。小孩子一样的想到什么就去做什么，小孩子一样的几个礼拜不回家，小孩子一样的日夜颠倒，小孩子一样的争吵然后和好。

然后慢慢长大。

我觉得那时候的我们也很好。又或者那只是一种错觉。

总之还是长大了。

和《岛》一起。

小四说每一本《岛》都在发生质的飞跃。
我觉得那是因为我们自己也在这一年里不断地发生这化学反应。

一边熬夜加班，赶稿，通宵不睡，一边说着冷飕飕的新疆话玩笑。彼此加油打气，又者互相拆台。一边讨论着外卖叫什么，一边马不停蹄地切换于各种图文处理软件中。
于是话题里穿插着"给我×××的图"、"KFC，谁要叫"、"×××文的页码是多少"、"有人要老鸭（老鸭血粉丝汤）吗"……以及连续不断地"我要死了"、"我要瞎了"、"人生"、"如梦"……
每天都铆足了力气，想要做好（又或者睡瘫在台子上……）。

某人说，《岛》九上市以后要抱着它睡他个三天三夜。我想他马上可以如愿了。

在深夜看着以前的《岛》，回忆起那段到处乱跑的日子。
大连，银川，敦煌……因为出去了太久，还差点被老师关掉一门（后来我送

了一套《岛》贿赂老师……）。

不会化妆，不会ps，只会用素颜对着镜头傻笑。

某四总要站到镜头的最前面突出他的高大形象，我总是站在中间或者最后。

那时候拍了很多很多的照片，可是我自己却几乎没有保留一张。

不过有人和我说起做《岛》上的模特的事，我还是会说忘记吧。

请忘记那张僵硬的脸。我不是长成那样的（哭）。

如果有机会能让我回到那个时候，我要做的第一件事应该是先把那些照片都ps下。

我现在则是在烦恼是否能赶上出片。

以及我们会不会被《岛》九逼疯……

虽然《岛》九一直很无辜地看着我……无论是作为一堆文章、图片零散地分布在各个文件夹的时候，还是现在被完整地整合在了一起的时候……

《岛》九就像是一个沉默的孩子。默默地在母亲的子宫里静待了一整年，然后又在暴风骤雨里出生了下来。我不知道现在还有多少双手在等待着他，我只是希望这个学会了沉默和隐忍的小孩在未来的路上能够走好。

与岁月相遇
文/痕痕

去年的这个时候已经讨论过这本《岛》的选题，选定了部分过终审的文章，但是由于种种原因直到现在《岛》的制作才开始正式排满我们的工作时间，如此相隔就是一年。

这一年我们做了《最小说》，策划了多本单行本。会有读者问起《岛》的进度，虽然一直无法回答一个确切的时间，但是能肯定回答的是"《岛》会继续做下去"。审稿的时候会习惯把一些好的文章做区分，"这是适合放《岛》的"，"这个作者可以向她约《岛》的文章"，于是一年的时间累积下来，能过《岛》初审的文章就有三十余篇。

一年的时间斑驳而过，如今我们在玻璃外墙的高级办公楼里工作，每天有固定的上下班时间和持续性的事务，每月制作一本内容不少于《岛》的月刊，不间断地推出单行本。上班以及回家的路上看到的几乎只是相差了几个色阶的冷清天空，灰白的，或是暗沉的。白天的时间几乎都在办公桌前度过，在感到疲累的时候，会有人肆无忌惮地打哈欠，或是发出很大声响的叹息，有时会被这种自然流露出来的自在感所触动，想起过往岁月。

倒计时……

一年前我们搬离了原先的工作环境，在气派的商务楼租了正规的办公室。结束了那种一觉睡到中午，又可以工作到通宵的日子。我们终于步上"正轨"了，这是那段时间充满期待与陌生的含糊概念。

搬家那天场面非常混乱，中介一行人、房东以及下一家的房客一起拥挤在工作室，中介一边态度恶劣地催促着我们尽快搬离，一边唯恐我们会拖欠费用般带着神经质紧张反复核对过往的所有交费收据。房东心疼地计较着地板与墙壁的磨损程度，计算着每平方米我们要赔多少钱。下一家房客的五六个男生将大包小包的行李物品堆满了客厅和厨房，然后来来回回在几个房间之间比较，分配着房间的使用。工作室里陌生人进进出出，而我们只顾埋头把各自大堆的衣服收拾进纸箱，整理电脑和错乱的线路，在吵嚷且狼藉的环境下仓促地把平日不知不觉积累起来的杂物装满了几个大纸箱。最后定了大型的搬家卡车才勉强装下了那夸张的十几箱衣物、书籍、琐碎用品、电脑和自行车。

卡车发动的时候已经暮色四合了，往来了两年的工作室只用了一个下午的时间清除一空，我站在车箱里透过缝隙看着熟悉的道路以一种独特的缓慢视角渐行渐远，像是一段生活往另一段生活里生生硬地过渡，天色暗得像是快要下起大雨。

倒计时……

男生偶尔进女生房间时会故意发出挑剔的"啧啧啧"的声音，会夸张地说"这难道是女生的房间么……"而得到的回应是破罐子破摔的"侬想哪能？！"但当他们各自买了狗，并且起初把狗放在卧室里当成召唤兽来养的时候，那点炫耀的资本就没有了，相比之下女生房间就是整个工作室最整洁的地方……当他们再闲来无事地溜达进来并发出渴望博得同情的"哎~"一声叹息时，得到的回报是"哎呀快把门关起来！不要让臭味弥漫进来……"和"啧啧啧……你身上都是狗毛！"……

工作室的阳台上住过纠结咪一家，纠结咪跳楼四次被抓回来四次，其间流浪一个月，体重从肥猫变成鱼片干。纠结小咪在工作室里生下小黑咪和小母咪，这两只小咪从小和猫爸妈生活在阳台上，看见人就会神经失常发狂一般地旋风跑。我们有时蹲在落地窗前观察窗外阳台上四只生物的日常活动，有看动物世界的感觉。

当时我们还没有毕业，学习任务也不算重，所以一星期里几乎大部分的时间在工作室，有时小和一清早去上课等到我们睡醒时，小和已经下课回来而又重新躺回床上了。有不少朋友会来工作室玩并住下，最长有在工作室里住过一个多月，我们把床合在一起，三个人挤两张床，聊天至深夜。

倒计时……

一开始看稿的时候，花了大量的时间，几乎每封来信都是从头至尾地看一遍，有些文章虽然存在着瑕疵，但看到末尾又能发现出彩之处，便常常难以取舍。因为是来信投稿（邮政），不方便修改，但又不舍得退稿，两难之下便抱着侥幸心理过初审，但是通常那类的稿子会被终审退回来，一段时间为此非常苦恼。

《岛》要交片的前两个星期是最忙的时候，忙碌程度和交片日成正比。确定终审的稿子，收齐所有的约稿，赶航海日志，排版，打印样稿，做调整和一校……到了最后几天出版社编辑的电话更是打个不停，小四一边应付着从编辑到社长的电话，一边在工作室内不断扩散压力，几乎每一次《岛》交片都要赶上几个通宵，末了我们一边计算着邮局的下班时间和快递的发货时间，一边匆忙做完最后的调整工作，候着打印机吭哧吭哧地打出样稿，整理页数。等到一切就绪，我就抱着一堆样稿骑车直冲邮局。

工作室有时会有读者拜访，有的上门来投稿，有的亲自来询问稿件情况。也有些就不这么直接，有一次小四要出门，但走出去又折回来，冷静地说门外站着一个女孩，我们都不相信（因为门外的感应灯是暗的，所以一片漆黑），小四百口莫辩只得说"如果骗人，我就……"于是这才相信。这个时候一般由小和出马，她在黑暗里看到一个长发女生站在门口，那个女生不敢敲门也不敢弄出声响，所以一直站在漆黑的楼道里。只能问出她从广州离家出走，其他什么也不说，为她买来食物和饮料也拘谨地不碰一下。最后大家都不知道该怎么办，又怕她父母着急，只得叫了保安上来。两年时间遇到不少找过我们的读者，别人把我们看得太重太重，反倒不知如何面对，暗暗有些底气不足，怕一见面就要露馅。

倒计时……

第一次坐公交车来工作室，换了两辆车（其实一部车就能到），绕了近一个小时的远路，从小区的正门一路寻找清和说的地址：99弄55号，但是一边门牌号从1号排序到54号就结束了，而另一头又是从90几号开始，一直走到小区后门才发现55号竟是最后一栋……第一次到工作室时带着小心翼翼的心情，特意在路边的小店买了两只塑料袋当鞋套。起初工作室里空空荡荡，窗帘和床都没有，只放了两个电脑桌，而小四的房间只有简单的一张席子，头些天晚上他就一个人在没有门锁的卧室里席地而卧，让人感觉有点邪门和潦倒……

　　工作室成立的那天是小四的生日，早在2003年的圣诞节我们就计划工作室要在什么时候成立，以及成立后的工作，我们在新天地的一家饮料店里谈成了最初的构想，那时小和还没有高考，而我们仅仅是大一的学生，彼此带着不知水深水浅和天高地厚的勇气一拍即合。

　　2003年即将结束的某一天，我和小四在当时冷清的地铁站里等地铁，彼此都没有说话，对面是光线冷淡的广告牌，地铁站里行人稀落，地铁隐藏在黑暗得不知通往何处的隧道里，又像是潜伏在无法通往的遥远过去，我看着黑暗的尽头，期待着尽头处的光芒。我说"2004年会变得非常重要吧"，小四轻声回应"嗯"，从他眼里仿佛可以看到自信和勇敢的神情，于是我想，好吧2004年一定要努力！此时，黑暗的尽头亮起了隐约的光芒，随即变得狭长和耀眼，一阵汹涌的风迎面扑来……

　　……终点：
　　倒计时5。4。3。2。1。
　　当所经历的一切都慢慢变为过去，我们就如同行走在通往过去的道路上。
　　当你再获得这本《岛》的时候，就仿佛找回了散落一年的时光，也抵达了等待的终点。它仿佛是一个从遥远地方辛苦赶来的人，又像是一个曾经失去音讯的朋友，你不见它的时候曾气愤得想要把它忘记，但是终于见面时才发现原来那种气愤只是一种想念。它身上带着相隔了四个季节的陌生气息，但举止依旧为你所熟悉，你们只需一眼便能相识，周遭的一切仿佛暗淡无光，你看到它抱歉地只对你善意地微笑——

　　对不起，我让你久等了。

初见

文/小西（adam）

不管之前做过多少努力，最终实现理想就对了。

和许多人一样，定期买《岛》是一直坚持的习惯。买回来之后每本都用不同颜色的卡纸做了书皮，连封面都要保护好。那个时候我上大二，已经下定决心，有机会一定要加入这样一个团队。于是就开始为了理想努力。

今年4月底来到上海的时候大学即将毕业，随意找了份工作，打算早些适应这里。努力地等了四个月，终于有了结果。

第一次面试，地点约在小四家楼下的星巴克。因为没有正确估算出到达目的地所要花费的具体时间，结果我迟到了四十分钟。刚开始回答小四提的问题还有些紧张，很不适应别人安静地看着我认真听我说话，感觉随时都会出错。其间，小四偶尔会挑一下眉毛表示认同某一观点，这个举动让我想笑，于是就放松下来。聊了一两个小时，赶上最后一班地铁。

接下来的几天做面试时出的设计题，经过较激烈的平面设计方面的讨论考查，得到了实习工作期。

租住的地方距离公司步行也就十五分钟。所以，还是像以前一样可以睡个小懒觉。刚开始时只是负责《最小说》的部分美术，后来有机会接触做《岛》。较于《岛》之前的美术，以及突然降临任务时间不够用的紧迫，让我感觉很艰巨和紧张。

　　之前学生时期做的图，只是根据当时的心情和手里自己拍的图片来处理。没有定期和很明显的系列主题，只是一些简单的生活片段。所以有时会给人感觉是不是一直在刻意模仿追随别人。

　　只要没有做出新图片，就不想更新博客。对于一个喜欢用图片代替嘴巴的人来说，情愿用一张图片来抵消几百个文字。也希望有人会从这些加了我的感情的图片中理解出些什么，而不是单纯地被别人拿来说："你看，这又是一个模仿×××的人。"

　　或许大家都只是想表达同样的感情，就用了相似的元素和手法。世界上并没有规定只有一部分人可以做某些事，或者某样东西只能被少数人来使用。

　　因为是第一次短时间内集中精力做这么多量的图片，而小四又很严格。有时候一天只能做出来一张图。阿亮和小四也会偶尔一起陪我在公司加班，我的图不出来，阿亮就没法排版。而她也在修改自己在《岛》上的连载，于是我们就互相拖延着出菲林的日期。无比纠结。

　　小四有时候会走到我座位旁边，拍拍肩膀说图做得不错。我抬起头认真地问："真的假的？"小四用不忍心欺骗我的眼神看着我说："其实，还好啦，有进步的……"然后再一起商量着怎样改动会更加完美。

　　我就是在这样的鼓励下，完成了艰巨的做图任务。熬过整夜，睡过沙发。不断地根据小四的意见做修改，最终呈现在你们面前的，可都是心血啊。只要你们能看得出来就好。我会继续努力，不让你们失望。

　　希望你们会喜欢。

文/I5land工作组　图/开膛王子

WHO ARE YOU

提问者：小四

阿亮篇

　　一直以来，如果对旁人介绍起阿亮，或者说需要形容阿亮是怎么样的一个人时，最常见的关键词一定是诸如：少女，粉红，萝莉，幼齿，蕾丝蓬蓬裙，梦幻，公主，SD娃娃……这样类型的一些词语。

　　但是所谓的时光荏苒，光阴如梭，一转眼隔壁老张的儿子已经出门打酱油去了。

　　而我们亲爱的阿亮，在这几年迅速过去之后，发生了怎样的变化呢？

　　话说让我产生"你是谁，把面具给我撕下来"这样想法的，还是那天我、痕痕，还有喵喵以及阿亮四个人一起在一个非常梦幻的粉红色少女餐厅里吃饭的时候（你要问我这种一直号称生活有品质的时尚贵族，为什么会舍弃人间或者流颂这样的餐厅，而选择了这样一家需要鼓起很大勇气才能走进去的粉红餐厅……一句话：我身边的这三个老女人，都依然有着一颗少女的心……）。

　　话说当痕痕突然从纸袋里拿出一件新买的衣服（此时我需要对这件衣服形容一下：嫩鹅黄色，毛线开衫，口袋上有樱桃，后面有毛毛帽子……），问我们的意见。喵喵是怂恿痕痕买这件衣服的罪魁祸首，所以理所当然的她的意见是觉得非常可爱，并且她们适当装嫩是可以被允许的，而痕痕显然把这些话深深地听进了心里，而一直走简约和名牌路线的我，自然是在鼻子里发出了"哼"的一声。

　　阿亮还没有发表意见，但是我也可以预见她会说些什么。因为她对草莓和樱桃的执恋，以及对蕾丝公主裙的惊人热爱和勇气，我早在整个大学时期就见识过了，穿着大蓬裙被卡在门口出不去或者被老师询问"为什么穿着婚纱来上课"已经是家常便饭。

　　但是，在接下来的一分钟里面，我彻底地颠覆了我的观念。

　　"这衣服太嫩了，我现在比较喜欢黑色简约的OL装束，我年轻的时候，把所有少女的衣服都穿够了，已经不需要了。"阿亮悠悠地喝着面前的冰橘茶。

　　正当我们三个人下巴快要掉在桌子上时，阿亮接着说："哎呀，好想快点结婚。我要生个孩子，公司大概明年什么时候比较空闲一点啊？我把产假休了，赶紧的，否则老了再生，身体吃不消啊……"

　　望着阿亮平静而认真的面容，我有点恍惚，你是谁？

痕痕篇

工作室里和我一起打发无聊时间最多的应该就是痕痕。我们两个住得非常近。常常心血来潮就突然约到我家楼下的星巴克"谈天说地"。尺度从一开始的小心翼翼到最后的吓跑众人。非常惬意。

如果说阿亮还是一个非常稳定的偶尔能让我产生"Who are you"的这种想法的人，那么，痕痕就是一个无时无刻不让我产生"你是谁"的纠结女人（痕痕，虽然你在我电脑屏幕后面号叫，但是我还是不会把"女人"这两个字改成"女孩"的）。

比如因为和她家离得太近，而我又是一个很少使用自己家厨房的人，所以经常痕痕家做好吃的，就会叫上我一起过去。我在她家已经度过了各种节日了，最近的一次是痕痕爸妈的"结婚纪念日"……

但是痕痕在打电话告诉她爸妈说我要去吃饭的时候，或者是平日里给她父母通电话，一律是莫名其妙的吵架的火暴口气，活脱脱就是菜场里面的那些中年妇女（痕痕：够了……）。电话一接起来，就是："喂！听得到我说话哦！我和小四晚上一起回来吃饭！菜多买一点！""喂！打我电话干吗！我在上班！我在上班呀！我挂啦！""我晓得啦！烦死啦！""我要吃红烧肉！我不管，反正晚上我要吃红烧肉！"

每次听见痕痕朝家里打电话，我们周围的人都是一滴汗，但是她非常镇定地告诉我们："这是我们家沟通感情的方式。"我们就都orz了。

但是往往在刚刚无比激情地和妈妈说完"老娘晚上想吃猪脚"之后，就会听到一种比林志玲还要夸张的，又轻柔又缓慢的声音从我身后飘过来："喂~你在干吗呀~我在上班呢……是呀~~嗯~~好的知道啦~~那你早点休息哦~~"

我如同被雷击一样，僵硬地转过身子，看见痕痕满脸羞涩，如同涨红的番茄一样，正在和男朋友打电话……

痕痕，你到底是谁……

小西篇

最后可以稍微提一下我们新的美术编辑小西同学，也就是adam小朋友（其实单看adam这个单词并不会觉得有什么怪异，但是我们曾经打算过翻译成中文：亚当……然后被小西尖叫着制止了。=.= ）。

小西进公司没几天后，就开始了没日没夜的《岛》的制作过程，大家现在手上拿着的这本《岛》，上面就凝聚了大概他一升的鲜血。

在一个周末过去之后，某个礼拜一我兴高采烈地上班，走进公司大门之后我如同往常一样高声地对各位打招呼："hello~~~~~~"然后也得到了众人习以为常的回应。

但是当我的目光突然瞄到小西的时候，我被他的新发型震惊了。因为上周末的时候，他还是留着花泽类的长发，而现在，站在我面前的这个满头小卷，如同释迦牟尼一样的人，把我深深地震撼了，于是我非常认真地问："你是谁？"

小西：……

图/西瓜

提问者：落落

基本上我是一个半年前还不认得"瞿"字和"翟"字的人。长期的电脑输入已经将原本的语文知识由常识变冷门。所以我完全不能接受一个经常与我谈论房产、包袋、汽车、化妆品、自拍诀窍，以及种种此类水准话题的人，可以轻而易举不依靠电脑输入而用手写出"醍醐灌顶"四个字。

……拜托，如果改用手写，我们有更平易近人的"恍然大悟"！请告诉我有什么意义值得去记住那笔画加起来六十几条的玩意儿！

不仅如此，作为一个关注LV08年最新款的作家，你为什么在知道村上隆之外还知道村上龙（我没有打错字！虽然之前我也以为村上龙只是村上隆的简体写法！）？……

另外还有时不时打来电话推荐一些我闻所未闻听名字仿佛是非洲的某些作家，打断我原本想要开始的关于最新款手机的话题。

你是谁你到底是谁（气到摔书！）！

请继续跟我一起活在红尘里！把什么"醍醐灌顶"的写法扔远点！

图/西瓜

提问者：痕痕

小四一直以来就号称是过着有品质的单身贵族生活，但是每天吃速食产品显然是没有"品质"的，所以他贤惠地去超市买了泰国香米、油盐酱醋和一些猪肉丁芹菜之类的，号称要在家里下厨了！果然是一方水土养一方人，上海男人喜欢在家"买汏烧"，小四也受了上海副食品菜场对男人冥冥之中的感召，踏上了下厨的道路……

第二天中午，小四提着饭盒早早就来了公司，号称他昨天在家下厨，不下不知道，一下惊为天人，瞬间对自己产生无限娇宠之情，发现自己竟然能将猪肉丁芹菜丁与油盐辣椒结合得如此巧妙，一念之下有开个专栏——"小四教你学做菜"的冲动……并且中午特地"带饭"来公司，号称"不用叫外卖了噢~~，只需要微波炉里热一下就能吃了呢~~"

唯恐别人不相信，一有什么集体活动小四就说都来我家吧，我做菜给你们吃！第一次吃到小四做的菜是猪肉丁炒芹菜，第二次大家去小四家吃到的菜是芹菜炒猪肉丁，第三、第四次，第N次落落去小四家，小四又要做菜，只见他熟练地切菜，往锅里倒油，扔花椒，待油热后接着倒入猪肉丁翻炒，加芹菜丁……

从背影上来看动作训练有素，反应敏捷，锅铲抨击之声不绝于耳，此人真是小四吗？还是生产猪肉丁炒芹菜机器人？

（远处传来小四的反驳：明明中间有很多次都是牛肉丁和兔肉丁~~~）

曾经以loli自居的装猫可爱美少女，自从上班之后就走起了OL路线，深得某四的审美熏陶，并且两人统一口径认为衣服的感觉一定要比自己成熟，这样才能显出自己的年轻来。我虽举双手认同，但觉得选择衣服的时候还是更多要考虑自己适合的款式。

不知某亮是不是受到"成熟风"的影响，成立公司之后某几个词汇便迅速加入了我们的话题中，那就是……（读者请先深呼吸一下……）

那就是"结婚""生子"……（呼……）

"好想结婚啊……"

"想生个儿子来养……"

"计划在家休产假……"

"一定要是儿子，一定要长得帅……"

（某人插嘴：我说，这个也是随机的呀……）

"找个帅的人生，概率就大了，所以找男朋友不找单眼皮的……"

不是故意装嫩，不是不切实际，但这个话题在没有找到确定的男朋友（确切地说应该是老公……）之前多谈，似乎缥缈了一些……（我遥远星球的儿子啊，我不是嫌弃你……）（某人曰：说不定什么时候就有了。某某人帮腔：是啊！）好吧好吧……岁月催人老，我心徒沧桑，但每次在这个话题开始的时候，还是会神游天外，眼神迟钝地看着眼前那个美少女，她真的是阿亮吗……

图/西瓜

提问者：阿亮

小四篇

我能写不出么？

估计会被杀！

小四，不像他的地方几乎没有吧。无论是他说请我吃饭，或者是来回捅死我，基本都还是很有他的本色的。

非要说的话！！那就是前几天！他居然交稿了！他居然没有拖到最后一天，他居然在三校之前交稿了，最重要的是他居然在我之前交稿了。晴天霹雳啊！！

而且不仅交了散文，连别册的文章也陆陆续续地在我之前赶完了。

看到他悠闲地在MSN上更改签名为我写完了的时候，我听到了整个世界噼里啪啦倒掉把我砸死的声音。反正不是把我砸死就是被他捅死。

"我明天下午要来看的哦！明天无论如何要送三校的哦。"

于是某人搁下狠话幽幽地去睡了。

而可怜的我只能熬夜苦苦挣扎。人生都是拼出来的啊。

我的早睡计划~~（泪奔）

痕痕篇

说到可爱的小痕仔，无论是爱穿超短裙，或者是可以盘腿坐在办公椅上（足够瘦，韧带足够好的人才可以做到哦），又或者是对美食的执著，都还满像她的捏。

非要让我说一个不像她的地方，应该是打电话给BF和作者的时候。痕仔的电话模式，分哥斯拉版，面对人群——家里人（所以不用客气），普通版，面对人群——大部分陌生人，甜蜜蜜版，面对人群——作者和BF。

痕仔的那个音调仅仅用温柔似水，百转千回，千娇百媚，都不足以形容啊。

总之请看一下例子。

某日打电话回家:

"喂,我要吃××××。嗯!知道了!我知道了啊!好,就这样,拜拜。"
(此句请用超男子气概的上海话读)

某日打电话催稿。

"嗯~~那个,稿子写好了吗?我知道了~没事的~你要加油哦快点写哦~~拜拜~~".(此句请loli的林志玲语气读)

为什么BF和作者的语气是一样的呢?大概因为痕仔很重视作者吧。SO,BF=作者?

(远方痕仔的BF:作者里没男的吧?)

提问者：小西

作为刚刚加入I5land的新人，小西同学实际上是没有资格参加这个栏目滴，因为他连大家的本来面目都不清楚，只能在此写下对个人的第一印象，不知道是否抓住了大家的神韵了呢……

小四篇

果然不能让他失去可以说话的能力。

从每天一进公司大门就开始say hello，到下班时电梯里的KUSO话题，小四的声音始终坚定而有力地存在着。忽然跳到你身后拍拍你的肩膀说图做得不错，或者只是为了单纯的过来摸摸我的鬈发怀念一下同样是卷毛的唧唧（他的狗……）。只要身后一停下极速码字声，小四的说话声就会在公司的空气里全方位立体声环绕。

久闻小四喜邀大家到他家一起观赏大片。有天小四说：走，到我家看电影去，我刚买了新片子。大家兴冲冲的抵达小四家在沙发上坐定之后，发现电视屏幕上闪现出片名：Hostel（中文翻译：人皮客栈）。我裂了……我这个人天生胆小，看过恐怖片之后的数月内，只要一闭眼，脑海里都会清晰浮现电影里恐怖至极的画面。一行人像僵尸一样因为紧张害怕紧紧揪着盖在身上的白色被子并列躺在沙发上。小四还不时为了营造恐惧气氛在紧张时刻刻意身体抖动着大叫一声。为了躲避掉小四家全方位环绕立体声音响带来的强烈音效震撼，我临时决定逃了，在距离稍远的落地窗前看完接下来的《后窗惊魂》。

总结：当小四邀你一起观赏大片的时候，你应该先上网查一下有关这部电影的简介。

阿亮篇

天生格斗美少女

记忆里的画面还停留在《岛·陆眼》中在海里嬉水的女生，以及坚定无比的眼神。

第一次见到阿亮时发现成熟了许多，虽然偶尔也会穿着类似公主裙的衣服来上班。其实出入商务写字楼里的所有人都对我们公司这几个装扮异常的上班族感到费解（这些人到底是什么公司的？）。于是每次进公司大门之前，我都要把头顶上卷得较严重的头发安抚下去，深怕保安会过来盘查我的身份。

后来得知阿亮竟然曾经是市体校的游泳健将。对于我这种纯陆地生物来说，身边还没有在水里也很生猛的女生朋友。

看见过阿亮用手机拍的晚装造型，发现异常像具有海豚音的张XX。没想到在KTV里，声音是另一种范小萱类型的甜蜜。也会喜欢降调唱JAY的歌。有次聊天得知阿亮偶尔也会在家录歌，便想一起讨论一下音乐后期处理。没想到她已经是可以自己独立做伴奏的修行了，而我还是那种只会简单拼凑几段音乐的半仙。

阿亮一直咆哮着说要退出美编界，因为她开始了无比的文字连载生涯。这一点是很让我惊讶的。也是进公司之后才知道，原来《恋爱习题》和《假面舞会》是阿亮的创作！我只想保住在美术编辑一栏中自己的名字就已经累得够呛了。文编＋美编＋连载……地狱般的生活……

当你的QQ上闪出一句"亲爱的……"时，不用怀疑，是阿亮来了。

痕痕篇

比想象中要更沉默

见到痕痕之前，只记得在某人的博客里看见过一张她的照片，托着下巴可爱状，想来也是几年前的照片了。第一次接触是在小四家打WII。之前没有玩过，痕痕就一点点教我，跟我说哪个比较好玩。痕痕的妈妈也很热心，有次我帮痕痕拿显示器到她家，不熟悉从她家出来的路，结果痕痕妈妈就一直把我带到小区外的大路上，并很仔细地跟我说接下来哪个路口要转弯。

痕痕家在我去公司路上的中段位置。有次上班路上发现痕痕也在前面的红绿灯下面，我走到她身旁说早啊，结果她像在想事情所以没听见，并且很自然随意地为了避让旁边作为路人甲的我往反方向挪了一步。我裂了……其他路人肯定以为我是在跟一个陌生MM搭讪然后又被无视拒绝了呢。

在公司我坐在痕痕前面。每当大家大声聊天或者讨论事件的时候，痕痕都一直默默地扮演着忠实的旁观者，偶尔会在大家的对话结尾幽幽地追加一句：人生呐……（通常阿亮会隐没在自己的位置上充满感情地追加后半句：如梦呐……）

我们的办公室里总是充满着这样欷歔的对话。

有时会从我后面传来痕痕打电话的声音：喂，是喵喵么？那个……稿子写好了没……

声音微小得像是夜里两个女生躲在被子里说悄悄话（可还是被我听见了，嘿……），在这样温柔的催稿声中，隐藏着让人无法抗拒的督促力量。你们可以打电话过来试听一下痕痕无比温柔的电话声哦。

文/小四　图/开膛王子

小四日志

引言：

话说就算不追究《岛》到底拖了多少时日（群众：一年！），那么也会有人死命地叫嚣着类似"你为什么还不更新日志！""再不更新就拔光你家的狗身上的毛！""你死哪儿去啦！"的话语……在我悄悄匿名潜水于我自己的BLOG的时候，每每都被这样的话语所震惊，感动……然后继续无动于衷……=。=

然而光阴似箭日月如梭，隔壁老张的儿子除了已经会打酱油之外，他还会在回来的路上买回一本《岛》和《最小说》了……

而我的日志，不知道还有没有过气，也不知道大家还是不是会对我那些无聊KUSO的生活琐事继续保持那么强大而变态的热情……当这个栏目重开的时候，我的内心也充满了对未来的惶恐……脑海里闪过的是林黛玉扶着墙，按着自己的胸口皱眉细语：我怕是时日无多了……

本期爆点事件：南京温泉之旅

　　话说人年轻的时候，能想起来的娱乐节目，总归和热闹与刺激联系起来。

　　"阿亮，走！出门唱KTV去！"

　　"走吧！好久没有去恒隆了！我要去LV买一件毛衣回来！"

　　"话说那一家新的夜店无比热闹！妖孽们，大家喝酒去呀！"

　　"火锅！就是要吃到走不动！才是真理！"

　　……

　　但是当光阴似箭日月如梭，隔壁老张的儿子打完酱油，看完《最小说》和《岛》，打开电脑开始自己写长篇小说的时候，我们的生活出现了意想不到的转折。

　　某日，无聊的痕痕和无聊的阿亮连同在无聊的小西，他们在电脑前两眼发黑，于是对我说，这个周末，我们去泡温泉吧！

第一日：

　　在网上搜索"上海附近温泉"的相关信息的时候，往往顺带出来的信息还有诸如"老年康乐中心"，"事业成功人士的最佳度假胜地"，"合家欢乐"

之类的词语……我在看到网页的时候顺便拿过了电脑边上的镜子，看了一下里面的我……说实话那一刻，我的人生定位有点缥缈了，我不是还是十八岁的美少年吗？怎么突然就泡起温泉来了？

但是我的疑惑并没有降低大家去温泉的热情。痕痕非常迅速地叫司机去买好了火车票，于是周六晚上，我们就出发去了南京。

火车上我们各自带了各自喜欢的书，因为作为非常有品位的文艺青年而言，这种经常出现在文艺作品里的火车上的时光，一定是要有音乐和书本陪伴的。

阿亮带了本《人间》，我带了一本打发时间的爆米花小说，痕痕带了《东京塔》，小西因为要策划新的《岛》，所以带了好几本《岛》路上看。总而言之：除了我之外，大家带的书都非常的有品位。

但是结果却是这样的：阿亮在一个小时内用她一直被大家惊为天人的阅读速度完成了《人间》的阅读，并且在故事的最后流下了鳄鱼的眼泪。之后就开始无所事事，隔三分钟就开始打我手上的爆米花小说的主意，而小西在看了一会儿《岛》看得头昏脑涨后，果断地开始吃KFC。而痕痕在翻了三页《东京塔》后，就从包里拿出扑克怂恿我打牌……唯独剩下我身边的一个外国人，在看一本类似《欧洲植物学发展史》的书，人家坐着，一动不动，专心地翻看着……（《岛》丢脸小组从此不再号称自己是文艺工作者）

在到达温泉酒店之后，我们迅速地回房间放好了行李，然后迅速地朝露天温泉进发。酒店非常高档，所以我不得不用九十八元买了一条小摊上的那种十块钱一条的游泳裤（没有带家里D&G泳裤的某人此刻非常后悔）。

在进去沐浴更衣（……）之后，我们两男两女，分别从男女更衣室里出来后（多么废的一句废话）等着会合。

在我们的设想里面，应该是整个露天温泉里，都是穿着三点式的高叉美女，以及穿着紧身三角泳裤的美少年们，当我们一步一步靠近的时候，却被逐渐浓郁起来的合家欢乐，和谐美满的中年氛围笼罩了……泳池里没有可以找得到腹肌的男人，每个人肚子上都有一圈游泳圈一样的脂肪，而女人们……真的就是女人们……没有女孩……

我和痕痕默默地把身子埋进池水里。表情非常严肃。

在被池水的高温弄得有点语无伦次之后，我和痕痕开始了我们的"谈天说地"，尺度越来越大一发不可收拾。终于，我们旁边站着的服务小姐，用一副纠结的语气提醒了："请注意影响。"

我和痕痕被惊到了……但是，正当我们准备和小姐理论，请教我们哪里影响了的时候，我们身后围墙的阴影里窜出一对男女，面红耳赤地猫着腰匆忙逃跑了，一边跑一边那女的碎碎念："都怪你都怪你。"

于是我和痕痕恍然大悟了。

基于这个事件，我和痕痕的谈天说地尺度更上了一个台阶。

等了一会儿阿亮和小西，发现他们还没有来，于是我们从水中起来，用浴巾擦了擦湿漉漉的头发（此时请幻想电视广告里所有沐浴露或者洗发露的广告片段，慢镜头，表情惬意欲仙欲死，头发滴水，皮肤光滑紧绷……）（读者们：我要呕了），然后到水池边上的那个有地热的房间里去。

这个房间非常值得形容，就是一个长三米，宽两米的空房间，地面是白色的瓷砖，周围是白色的墙，除了地上并排放着的两个木头枕头，就没有任何的东西。它的本来作用是地面散发热量，类似火炕之类的设计，让人舒筋活血。但是，当我和痕痕两个KUSO的人进去之后，变成了这样一副场面：

整个空荡荡的小房间里，我和痕痕并排躺下，头放在木枕上，双手放在胸前，表情木然……过了一会儿，服务员过来，体贴地为我们两个，从头到脚盖上了白色的被单……远处传来了阿亮和小西的惊呼……我和痕痕依然表情云淡风轻山

高水远……世间万物都和我们没有关系了……我们躺着，像是快要到达了彼岸。

后来阿亮和小西也在隔壁云淡风轻地躺了下来。服务员也亲切地过去帮他们盖上了白色的被单。

此时，我身边的痕痕幽幽地说了一句：你们也来啦。

我：……

阿亮：……

小西：……

过了一会儿，我们几个觉得躺着也没什么意思，于是出发前往露天温泉的更深处。进去才发现，真是别有洞大柳暗花明又一村！

迎面而来的就是一个大池！飞瀑流泉，村舍交通，鸡犬相闻，黄发垂髫，牧童遥指木桶腰肢……

在一个巨大的瀑布下面，站着无数面无表情的男男女女，他们在巨大的水流的冲刷下，保持着惊人的淡定……

于是我和痕痕也加入了瀑布冲击的队伍。

正在我感受着背部的巨大水流冲击的时候，痕痕突然两眼放光，回过头来和我说："我想起来了！武侠电影里，那些练功的人，都是这样的！吼~~~~~哈！"

痕痕激情万丈，并没有看见在她边上的我两眼脱眶，我很想告诉她，这样练功的都是男的，我没见过电影里有哪个女的练功是在瀑布下咆哮嘶吼……但是渐渐地，我也被感染了，我双手放在身子前面，用力弯曲成一个圆，就像是电视里健美比赛时都会做的那个动作，然后也伴随着痕痕一起嘶吼："吼~~~~啊~~~~嘿！"

阿亮四仰八叉地躺在水池里，一边漂浮着，一边半眯眼，用手指着我，用一种介于抽大烟或者欲仙欲死之间的表情和语气，对我说："你就是紫龙。"

周围的人都被我和痕痕的行为深深地震动了。他们转过头来，一直很用心地观察着我们。

当晚的最高潮，应该是发生在一个叫做渔池的池塘里。

顾名思义，渔池，一定会有鱼，水温是37摄氏度，所以下去没有什么感觉。对于我这种对鱼有恐惧的人，非常地不愿意踩进那个池子里。无奈痕痕和阿亮的热情太过高涨，于是大家纷纷下水。

　　过了一会儿，就开始有鱼来啄你脚上的死皮，还有你身上的各种角质或者老化的皮肤。

　　但是，整个过程实在是太痒了。

　　而且，整个温泉里弥漫着一种很微妙的气息。

　　无数的女人躺在水里，扭动着，咬着嘴唇，不断地喘息着："哎呀！不要！""啊~~~~它上来了！""啊！好痒！我受不了了~~~""哦！别……别……"

　　听得我两眼发直……

　　倒是身边的痕痕，每当有鱼咬她的时候，她都发出一阵非常豪爽如同男人一般的笑声："吼吼吼……"中气十足，回肠荡气……

　　从温泉出来，去洗澡换衣服，结果刚淋浴出来，就刷地冲出三个穿浴袍的男人，拿着毛巾对我上下其手，擦来摸去……我一时恍惚了……

　　过了一会儿，其中一个对我说："先生，签个名吧。"

我恍然大悟！原来是要消费，需要签单！于是我非常严肃而生气地问："签名干什么！"

对方有点尴尬，说："呵呵……那个……签名留个纪念，郭先生……"

我："……"

出来在大堂，有几个女服务员也非常热情地围了上来，一边帮我倒茶，一边非常热情地微笑询问："郭先生，刚才舒服吗？"

气氛瞬间非常微妙……

在我们回到房间之后，才夜里十二点多，按照我们的变态生物钟，这正是我们活跃的时候。于是我们询问酒店附近有没有小吃什么的，准备穿着拖鞋在附近逛逛。

得到的答案是：

"附近没有任何的店。最近的店在离这里开车十五分钟的镇上。"

"……那哪里可以坐车？"

"周围没有任何车。"

"……"

于是回房间，闷着。

第二天一大早起来，本来计划着继续泡温泉，因为头一天的票还没过二十四小时的时限。但是在众人结束完早餐之后，大家已经没有了精力，因为对我们的生物钟来说，早上，是我们休眠的时辰。

于是四个人挤在女生房间里看电视。

看了一个专题片，讲出生了一窝东北虎，但是虎妈妈没奶，于是找了一条狗来哺乳……

之后又看了一个专题片，讲的是后妈和儿子，发生了一段欲说还休的畸形恋情，儿子自杀留下的保险赔偿，到底该归谁……

第三个专题片，一个农村老汉，四处调戏奸淫妇女，妇女怨声载道，终于其中一个妇女替天行道，在他的稀饭里投了毒，然后那个妇女就被抓起来了……

……

人生如果活到这个份儿上，也就差不多快达到彼岸了……

回来的路上，在南京市区买了很多的书。统统塞在我的那个巨大的LV旅行袋里。

其中还有一本《山海经》，专门讲妖魔鬼怪的……

痕痕买了《鼠疫》，阿亮买了阿加莎，我还买了《巴黎文艺时光》……我们又恢复了文艺工作者的特点……

只是我在火车上，还是选择了那本爆米花小说，痕痕把《东京塔》翻了两页又丢下了，阿亮依然隔三分钟就问我借那本爆米花小说，并且不断增加价码："给你两块钱，借我看两小时！""五块！""最多八块！"……

于是一群文艺工作者们，在火车吭哧吭哧的摇曳中，回到了上海……

一出车站，大家就迅速钻进了凯迪拉克里……并且齐齐发出了一声："啊……"的莫名呻吟……

老年活动终于落下了帷幕。谢谢各位。

CAST

主编：郭敬明【from C&A】
责任编辑：王平【from 春风文艺】

I5land 工作室

总体策划：郭敬明
美术总监：Mint.G
文字总监：郭敬明
文字编辑：落落 痕痕 阿亮
美术编辑：Mint.G adam Alice.L

特别鸣谢&友情协力：
Ryogi amim【from C&A】
落落 七堇年 林汐 安东尼 爱礼丝 喵喵【from C&A】
项斯微 菩提萨缍 扫把 大把银子【from Topnovel】
年年【from C&A】
Zebra 开膛王子 西瓜【from Topnovel】

图/开膛王子

岛 vol.9

姓名：　　　　　性别：　　　　　年龄：

通讯地址：

邮编：　　　　　E-mail：

亲爱的读者，感谢您对《岛》的支持，请提供您宝贵的意见：

1. 您每月用于购买图书（包括杂志）的费用为多少？
□ 10元以下　□ 10~30元　□ 30~50元　□ 50元以上

2. 您是在何处购买到《岛》的？
□ 大型书店　□ 小型书店　□ 报亭书摊　□ 网络　□ 其他（具体：＿＿＿＿＿＿＿＿＿＿）

3. 您每月平均购买几本书？
□ 3本以下　□ 3~5本　□ 5本以上

4. 您购买《岛》的原因：
□ 郭敬明主编　□ 封面吸引人　□ 觉得制作精美　□ 习惯性购买

5. 您觉的本辑《岛》的封面如何？
□ 喜欢　□ 不喜欢　□ 其他（具体：＿＿＿＿＿＿＿＿＿＿）

《岛》内容调查

1. 您对本辑《岛》里文章的评价：
请用"√"选出您最喜欢的3篇文章，用"×"选出您最不喜欢的3篇文章

□ 荒芜尽头和流金地域（郭敬明）　　□ 兆载永劫（落落）　　　　□ 迷宫梦鱼（年年）

□ 城事（七堇年）　　　　　　　　　□ 从来不曾离去（安东尼）　□ 冰封沿线（miki）

□ 把过去与现在折叠（林汐）　　　　□ 花梦浮言纪（喵喵）　　　□ 休眠的行星（消失宾妮）

□ 不朽的青春标本（菩提萨埵）　　　□ 再见，圣诞夜（项斯微）　□ 肤色小说家（爱礼丝）

□ 尘封家书（扫把/大把银子）

喜欢的理由：

不喜欢的理由：

沿虚线裁下

2．您觉得本辑《岛》文章的总体质量如何？

□ 非常喜欢 □ 喜欢 □ 一般 □ 不喜欢

3．您觉得本辑《岛》图片的总体质量如何？

□ 非常喜欢 □ 喜欢 □ 一般 □ 不喜欢

4．您希望《岛》上出现谁的文章？

请列举：

5．您希望在本书看到什么栏目？

6．您是否也同时购买了《最小说》？

7．您希望《岛》再做哪些方面的改进？

畅所欲言（可加附纸）：

自画像

沿虚线裁下

《岛》书系正式对外征稿

稿件要求

一、文字类投稿

1. 小说类：体裁内容风格不限。内容无暴力色情描写，无政治、宗教倾向，温暖而美好的文字优先采用，篇幅在3000~8000字之间。

2. 散文类：记录生活，感悟人生，有感而发的都可以写哦，篇幅在1000~3000字之间。

二、图片类投稿

1. 相关插图及摄影应征：可以投递个人代表插图小样5张，附上个人联系方式跟简历，如果风格合适画技出众会有相关编辑主动与你取得联系。

2. 图片投稿者请先投递小样，尺寸为书的实际尺寸（16.8×23.5cm），跨页为（33.6×23.5cm）。

3. 也可以采用光盘投稿，但是请在信封外注明"图片投稿"字样。采用传统邮寄方式的稿件请自留底片和原稿，来稿不退。

三、投稿须知

以上文字和图片类投稿作者不得一稿多投，两个月内没有收到答复可以另行处理。投稿时请注明所投栏目，并留下自己的真实姓名、笔名、联系方式，以便我们与您取得联系。

稿件授权声明

凡向《岛》投稿获得刊出的稿件，均视为稿件作者自愿同意下述"稿件授权声明"之全部内容：

1. 稿件文责自负：作者保证拥有该作品的完全著作权（版权），该作品没有侵犯他人权益。

2. 全权许可：《岛》书系有权利以任何形式（包括但不限于纸媒体、网络、光盘等介质）编辑、修改、出版和使用该作品，而无须另行征得作者同意，亦无须另行支付稿酬。

3. 独家使用权：未经过上海柯艾文化传播有限公司书面同意，作者不同意任何单位和个人以任何形式（包括但不限于纸媒体、网络、光盘等介质转载、张贴、结集、出版）使用该作品，著作权法另有规定的除外。

版权声明

1. 本刊物登的所有内容（转载部分除外），未经过上海柯艾文化传播有限公司书面同意，任何单位或个人不得以任何形式（包括但不限于纸媒体、网络、光盘等介质转载、张贴、结集、出版）使用该作品，著作权法另有规定的除外。

2. 凡《岛》转载的作品未能联系到原作者的，敬希望作者见书后及时与工作室联系，以便奉寄样书和支付稿酬。

投稿方式

1. 邮寄地址：上海市大连路950号1505室　邮编（200092）

2. 电子投稿（推荐）——

文字投稿信箱：wen1@zuibook.com wen2@zuibook.com wen3@zuibook.com

图片投稿信箱：pic@zuibook.com

2004

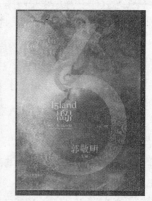

2005

2006

岛 郭敬明 主编
Vol.09
I5land
Pompeii
庞贝

春风文艺出版社

2007.11

2004-2007

三年磨砺，我们不敢说自己的是最好的，但我们追求尽善尽美。
我们不断累积经验，每一个进步都由你来见证。
累积销售200万册以上的超人气MOOK书系《岛》
等待你的鉴定……

2007年11月《岛》Vol.9全新面貌回归
华丽的图文组合将你带来绝对不同的视觉享受

五载风雨路 未来更精彩

一流作者，一流文字，我们的青春，我们的文学！

总有新期待的……

布老虎青春文学

邮发代号/8-576

ISSN 1673-0259

国内统一刊号/CN21-1517/I 国际标准刊号/ISSN1673-0259 定价6.00元 单月20日出版

　　《布老虎青春文学》2007年第6期（双月刊）为年底小说专号，2007年冬季豪华上市。之前被众多读者翘首期待的名人擂台正式拉开大幕，笛安对阵徐璐，两大作家同题PK，她们都以《迷蝴蝶》为题，还会把对方的名字写在书里哦，谁更华彩，我们只有拭目以待。

　　本期还汇集才女鲍尔金娜、强势新人林璧炫、刘宇、卢丽莉，《新作文》新人王姚牧云等众多年轻作者。精彩无限，尽在2007年《布老虎青春文学》小说专号。

布老虎青春文学新奉献

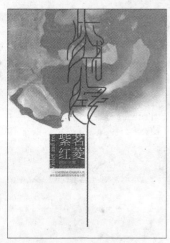

姐妹花的迥异人生

半熟少年的情事

绝色早慧奇女子

书写上海女孩的友谊、
死亡和爱情

著名作家马原、
虹影强力推荐

郭敬明做序推荐：读
《绝杀》如中魔法

五年华彩 粲然绽放

才女徐璐长篇处女作《滴答》、鲍尔金娜作品集《黄秋葵》将于 2008 年 1 月隆重上市。

爱书，趁青春年少

布老虎青春书友会

入会方式：

会员交纳 10 元会费，或一次性从书友会邮购不少于 100 元（以图书定价计算）的书刊。

会员权利：

1. 获得精美爱书卡。2. 邮购春风文艺版图书，享受最高 30% 的优惠折扣。另不定期推出三至六折的特惠图书。3. 获赠内容丰富、图文并茂的书友会会刊。全年四期。4. 免费参加书友会组织的有奖征文、笔会及其他活动。5. 向会刊投稿，采用后赠以书友会指定书刊作为奖励。6. 向《布老虎青春文学》投稿优先审阅，优先发表或提出具体意见退还。7. 免费掉换有质量问题的图书。8. 免费寻书。9. 向书友会提出合理化建议或建设性意见。

（详见《布老虎青春书友会章程》，对加入书友会感兴趣的朋友可以写信或发 Email 给我们，告知您的联系地址及邮编，我们会寄给您会刊一本。）

布老虎青春书友会

地址：沈阳市和平区十一纬路 25 号　　**邮编：**110003

电话：（024）23284393　　　**传真：**（024）23284393

Email：qingchunbook@126.com

《布老虎青春文学》订阅、邮购启事

《布老虎青春文学》是春风文艺出版社主办的一份全新的青春文学杂志。2004 年推出两期试刊，定价各为 8 元。2005 年正式创刊，定价调为 6 元。《布老虎青春文学》从 2006 年起交辽宁省邮政局报刊发行局发行，邮发代号为 8-576，欢迎大家通过邮局订阅。整订、破订均可。大家也可以在各地大书店和一些报刊零售门市买到本刊。同时欢迎邮购。2008 年全年 6 期，年价 36 元（一次性邮购全年刊物可享受优惠价 32 元）。平邮免邮费，挂号每邮寄一次另加挂号费 3 元。集体邮购五份以上，除免一切邮挂费外，还可享受八折优惠（每册 4.8 元）。请在汇款单附言处写清期别与册数。

邮购地址：沈阳市和平区十一纬路 25 号《布老虎青春文学》编辑部

邮　编：110003　　**咨询电话：**（024）23284393

2008 年《布老虎青春文学》更精彩！

布老虎青春文学重点书目

《幻城》（新版） （作者：郭敬明 定价：20元）
《幻城漫画版》 （编绘：诛砂 定价：25元）
《〈幻城〉之恋》 （编选：本工作室 定价：16元）
《〈幻城〉之恋2》 （编选：本工作室 定价：14元）
《岛·柢步》 （主编：郭敬明 定价：20元）
《岛·陆眼》 （主编：郭敬明 定价：20元）
《岛·锦年》 （主编：郭敬明 定价：20元）
《岛·普瑞尔》 （主编：郭敬明 定价：20元）
《岛·埃泽尔》 （主编：郭敬明 定价：20元）
《岛·泽塔》 （主编：郭敬明 定价：20元）
《岛·瑞雷克》 （主编：郭敬明 定价：20元）
《岛·天王海王》 （主编：郭敬明 定价：20元）
《最有意义的生活》 （作者：许佳 定价：16元）
《我爱阳光》 （作者：许佳 定价：16元）
《樱桃之远》 （作者：张悦然 定价：23元）
《维以不永伤》 （作者：蒋峰 定价：18元）
《一条反刍的狗》 （作者：管笑笑 定价：17元）
《我的青春不忧伤》 （作者：李维 定价：16元）
《西安1460》 （作者：徐璐 定价：16元）
《告别天堂》 （作者：笛安 定价：17元）
《隔着栅栏的爱情》 （作者：水格 定价：18元）
《1995–2005夏至未至》
（作者:郭敬明 定价:24元）
《1995–2005夏至未至（2版）》
（作者:郭敬明 定价:25元）
《年华是无效信》 （作者：落落 定价：20元）
《地下室》 （作者：BENJAMIN 定价：22元）
《往南方岁月去》 （作者：周嘉宁 定价：18元）
《杜撰记》 （作者：周嘉宁 定价：15元）
《布老虎青春文学·第一辑》
（作者：郭敬明等 定价：14元）
《布老虎青春文学·第二辑》
（作者：张悦然等 定价：12元）
《布老虎青春文学·第三辑》
（作者：蒋峰等 定价：12元）
《那多三国事件簿之末世豪雄起》
（作者：那多 定价：19元）
《那多三国事件簿之汜水英雄会》
（作者：那多 定价：22元）
《那多三国事件簿之乱起凤仪亭》
（作者：那多 定价：20元）
《绝杀》 （作者：朱古力 定价：22元）
《布老虎青春文学》2004–2005合订本 （定价：70元）
《剑仙水影》 （作者：海之翼 定价：22元）
《全国中考满分作文》
（主编：贾平凹 定价：22元）
《全国高考满分作文》
（主编：贾平凹 定价：26元）
《第四届（全球华人）少年美文写作大赛获奖作品集·初中版》
（主编：贾平凹 余华等 定价：23元）
《第四届（全球华人）少年美文写作大赛获奖作品集·高中版》
（主编：贾平凹 余华等 定价：26元）
《芙蓉如面柳如眉》 （作者：笛安 定价：17.50元）
《从此尽情飞翔》 （作者：徐璐 定价：16元）
《蜜蜡》 （作者：陈瑜 定价：16元）
《青耳》 （作者：水格 定价：17元）
《紫茗红菱》 （作者：鲍尔金娜 定价：22元）
《2006年青春写作》
（作者：郭敬明等 定价：17元）

谢谢您对我们的关注和支持。

以上图书，欢迎到各大书店购买。也可向出版社邮购。请在书款外另加发送费4元。一次性邮购图书按定价计算超过100元即可加入布老虎青春书友会，而且本次购书即可享受八折优惠。请在汇款单附言处写清所购书名及册数，汇款至：沈阳市和平区十一纬路25号布老虎青春书友会

邮 编：110003
咨询电话： (024) 23284393
Email：qingchunbook@126.com

《岛》书系邮购启事

邮购《岛》书系任意六本即可获郭敬明最新亲笔签名靓照或极具纪念意义的限量签名海报，总价105元（含挂号费）。数量有限，欲购从速。《岛》书系现已出版九本，分别是《岛·柢步》《岛·陆眼》《岛·锦年》《岛·普瑞尔》《岛·埃泽尔》《岛·泽塔》《岛·瑞雷克》《岛·天王海王》《岛·庞贝》。

特别提示：如决定购买，请务必打电话或发E–mail，确认还有签名照片或海报可以提供后，再汇款。我们的工作时间是周一至周五的8:00—11:30 13:30—17:00。

咨询电话：024–23284393 E–mail:qingchunbook@126.com

地址：沈阳市和平区十一纬路25号春风文艺出版社 邮编：110003

收款人：布老虎青春书友会